Bibliografische Information der Deutschen Nationalbibliothek
Die Deutsche Nationalbibliothek verzeichnet diese Publikation in der
Deutschen Nationalbibliografie; detaillierte bibliografische Daten sind
im Internet über http://dnb.d-nb.de abrufbar.

Herstellung und Verlag: Books on Demand GmbH, Norderstedt

ISBN-10:   3 - 8334 - 6446 - 1
ISBN-13:   978 - 3 - 8334 - 6446 - 1

Einbandfoto: © Henrik Woelk 2006

With special thanks to Mr. Jeam, who was drawing my attention to the
sculpture park of Nong Khai and who was riding 145 km in heavy rain
on his Tuk-tuk to get me in contact with "The girl from Nong Khai"
again, and to Mrs. Saranya, who gave me the answer to my question.

Henrik Woelk

Die Form des Feuers

Gesang am nächsten Abend

Gedanken wehen durch Straßen, Flügel bunt bemalter Schmetterlinge. Das gelbe Licht der Straßenlaternen erhellt die warme Nacht zu einer Gartenterrasse. Leidenschaften vieler Generationen steigen zwischen den Fugen der Gehwegplatten auf. Die Gehwegplatten, die immer noch Steine sind, die ich in Jahren über Jahren studiert habe. Die Schaufenster sind erloschen und geheimnisvoll. Selbst verborgenste Wünsche könnten in den Auslagen sein. Grillenzirpen verleiht der Nacht den Rhythmus einer Wiese. Eine alte Frau bewahrt im Herzen ihre Kindheit. Eine hohe Regenrinne träumt ein Flussbett zu sein. Männer mit starken Augen   reden fröhlich in den Straßen. Ein selig Betrunkener tanzt dazu. Weite Hosen bequemer Art umschmeicheln die Beine. An jeder Ecke fröhliche Scherze. Ein von Worten unschuldiger Mund liebkost ein Geschlecht. Gefühle wachsen in den Leibern. Über allem steht milde der Mond. Die Weite des Himmels verliert sich im Glanz der Sterne. Überall quillt neues Leben aus dem Boden. Der Zeitenlauf hat sich den Sprüngen lachender Herzen angepasst. Leuchtkäfer drehen Pirouetten über dem Weg, der zum Hafen führt. Vom Hafenbecken steigt das Glucksen sanft schaukelnder Segelschiffe, die schlafen. Ein Junge spaziert still mit einem Mädchen. Ihnen voraus hat die Zukunft einen Weg bereitet.

Mein Affe wollte nicht schlafen. Die Nacht war sternenklar. Er saß an der Felskante, kehrte mir den Rücken zu und sah hinab auf das Meer. Vergeblich versuchte ich einzuschlafen. Der steinige Boden war ein unbequemes Lager, und das ungewohnte Verhalten meines Affen beunruhigte mich. Schließlich stand ich auf und setzte mich neben ihn, konnte aber nichts Außergewöhnliches in der Dunkelheit entdecken. Sechs Meter unter uns rollte das Meer in einer sanften Brandung an die Felsküste, hinter uns erhob sich eine wohl über dreißig Meter hohe Felswand. Das nächste Dorf war mehr als drei Kilometer entfernt. Den Weg auf diesen Felsvorsprung hätte ich allein nicht gefunden und schon gar nicht wäre ich auf die Idee gekommen, hier die Nacht zu verbringen. Doch der Affe hatte darauf bestanden. Da mir die Kargheit des Platzes im späten Tageslicht schön schien, hatte ich nachgegeben. Nun fragte ich mich, ob das nicht leichtsinnig gewesen war. Vielleicht gab es Tiere in der Dunkelheit, die uns gefährlich werden konnten, möglicherweise konnte der Affe nicht schlafen, weil er den Geruch eines entfernten Leoparden witterte oder die Anwesenheit einer Kobra ahnte.

Er unterbrach meine Überlegungen, stand auf und forderte mich auf, ihm zu folgen. Ich sträubte mich. Mein Körper war müde, meine Decke und mein kleines Gepäck wollte ich weder hier zurücklassen noch zusammenpacken, und eine Kletterpartie im Dunkeln erschien mir wenig erfreulich. Der Affe aber ließ es sich nicht ausreden und begann, sich zu entfernen. Da ich nicht allein zurückbleiben wollte und schon früher gelernt hatte, dass der Affe Gründe hatte, wenn er sich so verhielt, folgte ich ihm.

Zu meiner Überraschung mussten wir nicht klettern. Ein schmaler, etwa vierzig Zentimeter breiter Pfad, den ich im Tageslicht nicht gesehen hatte, zwängte sich durch die unübersichtlichen Unebenheiten der Felswand, führte langsam hinab, wurde vorübergehend zu einem Gang, der an einer Stelle so niedrig war, dass ich ihn nur kriechend passieren konnte und führte wieder ins Freie, auf einen weiteren flachen Felsvorsprung, der nur knapp über dem Meeresspiegel lag. Kühle Gischt von einer kleinen Welle legte sich auf meine Haut. Der Affe blieb einen Moment stehen, drehte sich um und musterte mich, als wolle er prüfen, ob ich für den weiteren Weg bereit sei. Bevor ich etwas einwenden konnte, eröffnete er mir ein dunkles Loch in der Felswand als Höhle, die sich tiefer und tiefer in das Gestein schlängelte und der wir folgten. Er hatte mich an die Hand genommen, denn bei der vollkommenen Dunkelheit, die uns hier umgab, konnte ich nichts sehen. Behutsam wie einen Blinden führte er mich in die Erde, und auch wenn ich mir kein Bild von unserer Umgebung machen konnte, sorgte er dafür, dass ich nirgendwo anstieß und nicht stolperte.

Nach meiner Schätzung mussten wir längst unterhalb des Meeresspiegels sein, als ich unter meinen Füßen Stufen spürte. Hier führte eine Treppe hinab. Offensichtlich war dieser Weg von Menschen geschaffen worden. Ich überlegte, ob dies ein alter Schmugglerpfad sein könnte, und stellte mir vor, dass wir bald in der Nähe des Dorfes wieder hervorkommen würden. Doch ich hatte mich getäuscht. Eine Tür, die ich erst sah, als der Affe sie öffnete, führte in einen unterirdischen Raum. Der Raum wurde von einer Kerze erleuchtet, die auf einem Holztisch stand. Auf beiden Seiten des Tisches stand ein Stuhl. Der Affe ließ mich auf einen setzen. An der anderen Seite des steinernen Raumes war eine zweite Tür. Sie öffnete sich, und der Teufel trat ein. Wie ich wurde er von einem Affen geführt. Er setzte sich mir gegenüber an den Tisch. Wir begannen eine Unterhaltung, der ich nur unkonzentriert folgen konnte, denn mich beunruhigte, wie gut unsere Affen sich verstanden, und wie ähnlich sie sich sahen. Während wir sprachen, balgten sie vergnügt miteinander, und bald war ich mir nicht mehr sicher, welcher der beiden meiner war. Der Gedanke, sie könnten sich vertauschen, bereitete mir zunehmend Sorge.

Als unser Gespräch beendet war, stand mein Gegenüber auf und verließ den Raum auf dem Weg, den er gekommen war, begleitet von einem Affen.

Der andere Affe führte mich zurück zu dem Lagerplatz auf dem Felsvorsprung, wo ich mein Gepäck zurückgelassen hatte, und legte sich augenblicklich schlafen. Merkwürdig benommen schlief auch ich kurz danach ein und wachte erst spät am nächsten Vormittag auf, als die Sonne schon hoch am Himmel stand.

Der Affe saß im Schatten eines Felsens, kratzte sich sein Fell und tat, als könne er sich an nichts Außergewöhnliches erinnern.

Wir verbrachten nur diese eine Nacht auf dem ungemütlichen Lagerplatz in den Felsen mit dem schönen Ausblick, doch noch heute und aus weiter Ferne frage ich mich manchmal, ob es wirklich mein Affe ist, mit dem ich das Essen teile. Wenn ich ihn dann beobachte und darüber nachdenke, erwidert er meinen Blick mit einem sanften Ausdruck.

Des Teufels Casper

„...- die Unvergessliche, der unser Glück, Zweck des liebevoll thätigen Lebens war,- deren reges und tiefes Gemüth jedes Edle und Schöne in sich auffasste und verschönert auf uns zurück strahlte,..."
(Caspar Voght: „Flotbeck in ästhetischer Ansicht")

In der Mitte des 18. Jahrhunderts wurde in Hamburg, einer zwischen Preußen und Dänemark gelegenen freien Stadt, ein Junge geboren, den die stolzen und frommen Eltern auf den Namen Casper tauften. Der Vater des Knaben war ein Kaufmann von einfacher Bildung und unermesslichem Reichtum, und es stand fest, dass der Sohn einst seine Handelsfirma übernehmen würde. Er bekam eine bessere Ausbildung, als die Eltern sie je gehabt hatten und wurde zur Verfeinerung seines Wissens auf mehrere Reisen in das europäische Ausland geschickt. Casper war ein aufmerksamer und sensibler junger Mann. Er lernte neben Handelsgewichten, Zahlen und Verkaufsgebaren auch die schönen Künste kennen und bedauerte sehr, selbst ohne jedes Talent für eine Kunst zu sein. Weil er glaubte, keine andere Wahl zu haben, übernahm er schließlich gemeinsam mit einem Freund das Kontor seines Vaters.

Als er bereits 33 Jahre alt und noch unverheiratet war, verliebte er sich unsterblich in eine vorübergehende Frau, deren Gestalt gleichermaßen Schönheit und Güte ausstrahlte. Er wusste sofort, dass diese Frau ihm bestimmt war. Umso größer war seine Verzweiflung, als er erfuhr, dass sie einen Anderen heiraten würde. Obwohl er die Frömmigkeit seiner Eltern nicht teilte und heimlich die Bibel sogar im Ganzen bezweifelte, flehte er nun nachts in Gebeten darum, dass diese offensichtliche Verwechslung des Schicksals sich noch rechtzeitig entwirre, und ihm dieses Unglück erspart bleibe. Als seine Verzweiflung auf dem Höhepunkt war, dachte er sogar einmal: „Und wenn der Teufel selbst mir dabei helfe!" Später schämte er sich dafür, sich in derart unaufgeklärter Form gehen gelassen zu haben und war froh, dass dieser Gedanke seine Lippen nicht verlassen hatte.

Kurz darauf heiratete die Frau, und Casper flüchtete sich auf eine mehrmonatige Reise. Als er gerade einige Tage von dort in dem Glauben zurückgekehrt war, den gröbsten Teil seines Unglücks überstanden zu haben, und tief in der Nacht schlaflos in seinem Arbeitsraum bei Kerzenschein am Schreibtisch saß, um seine in alle Richtungen wandernden Gedanken auf einem Blatt Papier zu versammeln, klopfte es an der Zimmertür. Sein Herz begann schneller zu schlagen, vor Überraschung und Freude, denn das Haus, die ganze Gegend, lagen im Schlaf, und so war dieses Klopfen äußerst ungewöhnlich, und etwas Ungewöhnliches war genau das, wonach ihm jetzt verlangte.

Casper sagte „Herein", und seine Überraschung erhöhte sich, als ein Mann, den er niemals zuvor gesehen hatte, den Raum betrat, als sei dies die größte Selbstverständlichkeit der Welt.

„Hallo Casper. Der Zeitpunkt war gerade günstig, und da ich sah, dass du noch wach bist, bin ich schnell vorbeigekommen", sagte der Fremde.

Er war wohlgekleidet, hatte warme, aufmerksame Augen, und in seiner Stimme lag nicht der Hauch von Unsicherheit. Sein Tonfall verriet eine hohe Bildung, und die Art seiner Bewegung wiesen ihn als frei von jedem spießbürgerlichen Korsett aus. Darüber hinaus war etwas Seltsames an ihm, das nur von einer künstlerischen Begabung herstammen konnte, wie Casper glaubte. Er konnte sich nicht erinnern, diesem Mann jemals zuvor begegnet zu sein, aber er war ihm äußerst sympathisch. „Kennen wir uns?"

Der Fremde lächelte: „Entschuldigung, ich vergaß mich vorzustellen. Ich bin der Teufel, du hast mich gerufen."

Casper sah ihn verdutzt an: „Sie erlauben sich einen Spaß mit mir?"

Der Andere schüttelte schmunzelnd den Kopf: „Keineswegs. Ich freue mich, dass du keine Angst hast. Das geschieht nur noch selten, seitdem ein gewisser Paulus ein sogenanntes Christentum verbreitet hat, das nicht ein gutes Haar an mir ließ. Davor hatten die Menschen andere Namen für mich, und sie begegneten mir mit Freundlichkeit und Hochachtung."

„Ich träume, und Sie sind nicht real?", vermutete Casper, und ein Hauch von Enttäuschung mischte sich bei dieser Vorstellung in seine Stimme.

„Nein, ich kann dich beruhigen, du träumst nicht. Auch kannst du alle Förmlichkeiten fallen lassen, denn wir werden uns mit der Essenz deines Lebens beschäftigen", fuhr der Andere ohne Umschweife fort, „und das bedeutet, ich werde dir näher kommen, als ein Freund es je sein kann. Du hattest mich vor einiger Zeit gerufen, du hattest einen Wunsch. Hier bin ich. Nenne mir jetzt deinen Wunsch!"

Ohne auch nur einen Moment zu zögern, antwortete Casper: „Ich will ... zur Frau."

Der Teufel biss sich nachdenklich auf die Unterlippe und äußerte sich langsam, nach den richtigen Worten suchend, zu dem Wunsch: „Es ist nicht möglich. Ich kann vieles, aber das Rad der Zeit zurückdrehen kann ich nicht. Sie hat sich einem anderen versprochen. Dieses Versprechen kann sie nicht brechen. Sie ist zu gut. Das würde sie ihm niemals antun, denn er behandelt sie wie eine Prinzessin. Sie werden verheiratet bleiben, bis der Tod sie scheidet. Aber überlege, was du wirklich willst! Ich höre zwischen deinen Worten einen anderen Wunsch. Muss sie denn wirklich deine Ehefrau sein? Willst du sie etwa vorzeigen oder gar besitzen? Willst du nicht vielmehr von ihr geliebt werden und sie glücklich sehen?"

Casper fühlte, dass sein Gegenüber ihn gut kannte, dass der die schönsten Seiten seines Selbst hervorzuheben verstand, und er schämte sich dafür, einen so egoistischen Wunsch geäußert zu haben und sagte: „Ja, du hast Recht."

Der Teufel freute sich und fuhr fort: „Dann kann ich dir helfen. Sie wird ihren Mann weder betrügen noch verlassen, aber mit meiner Hilfe wirst du ihre Liebe gewinnen und sie glücklich machen. Ich weiß, du wärest lieber auf allen Ebenen mit ihr vereint, aber auch so wird der Kern deines Wunsches erfüllt. Gibst du dich damit zufrieden? Ich versichere dir, mehr ist nicht möglich."

Casper spürte, dass der andere Recht hatte: „Wenn ich sie glücklich machen kann, und sie mich liebt, sind meine Wünsche erfüllt."

Der Teufel sah ihn liebevoll an: „So wollen wir die Sache jetzt besiegeln." Dann stach er Casper mit einer Nadel in den Finger und ließ einen dunkelroten Tropfen seines Blutes auf ein weißes Blatt Papier fallen, pustete ihn trocken, faltete das Papier und steckte es in einen Umschlag, den er verschloss.

„Wozu ist das gut?", fragte Casper.

„Es ist für mich, als Sicherheit, falls du deine Meinung änderst. Mach dir keine Sorgen deswegen", antwortete der Teufel, und im nächsten Moment hatte Casper den Blutstropfen vergessen.

„Komm", sagte der Besucher, und legte freundschaftlich den Arm um die Schulter des jungen Kaufmanns, „zieh dir etwas über! Wir wollen ein wenig am Elbstrom entlanggehen und uns überlegen, wie wir vorgehen."

Kurz danach verließen sie das Haus, gingen in die Nacht und den Fluss entlang, nachdenklich und milde gestimmt von dem leichten Wellenschlag und der Hoffnung auf eine gute Zukunft. Als sie die Grenzen Hamburgs und den Hafen des dänischen Städtchens Altonas schon eine Weile hinter sich gelassen hatten, kamen sie durch eine Niederung, aus dessen Morast sich ein kleiner Bach in die Elbe ergoss.

Hier blieb der Teufel stehen, kehrte der Elbe den Rücken zu, blickte über das Land und fragte: „Was hältst du von diesem Ort?"

Casper folgte seinem Blick. Feuchter, unwirtlicher Boden erstreckte sich noch vor dem ersten Rot der Sonne im dunstigen Morgengrau zwischen flachen

Hügeln, die ein ehemals breiteres Flussbett begrenzt haben mochten. Zwei kleine Bauernhäuser waren da gebaut, deren offensichtliche Armut den Charakter der Landschaft zu spiegeln schienen. Casper antwortete: „Es scheint mir unangemessen, ein Stück Natur hässlich zu nennen, aber dieser Fleck Erde ist hässlich."

Der Teufel begann so sehr zu lachen, dass ihm die Tränen die Wangen hinunterliefen. Schließlich fasste er sich wieder und sagte: „Diese Landschaft ist wunderschön, es ist die schönste Gegend weit und breit. Aber es ist ein Schleier darüber gelegt, sie scheint hässlich, weil ich sie verflucht habe, schon vor mehreren hundert Jahren. Jetzt wird das Land uns helfen, deinen Wunsch zu erfüllen. Kaufe es! Im Moment ist es sehr billig zu haben. Die Bauern hier nagen am Hungertuch. Sobald du das Land besitzt, werde ich den Fluch von ihm abnehmen und dir ermöglichen, hinter den Schleier zu gucken. Du wirst den wahren Charakter der Landschaft schauen und einen Garten, einen Park, danach formen. Mit dieser Arbeit, durch diesen Garten, in diesem Garten, wirst du die Liebe der Frau gewinnen." Casper sah über das abstoßende Land und zweifelte. Der Andere erkannte es und sagte: „Ich leihe dir meine Augen, dann kannst du schon jetzt einen Blick hinter den Vorhang werfen."

Und Casper sah eine Parklandschaft, deren natürliche Harmonie ihm jedes Kunstwerk zu übertreffen schien. „So sieht es hier aus?", wunderte er sich.

„So wird der Garten aussehen, den du hier formst", antwortete der Teufel. „Und weil du dich mit dem, was möglich ist, zufrieden gibst, und weil ich dich mag, werde ich noch mehr für dich tun. Leihe mir nun deine Augen, ich will mir die verschiedenen Zukünfte angucken, die dir offen stehen und werde die beste für dich aussuchen. Wenn ich sie dir schon nicht zur Frau geben kann, will ich doch wenigstens dafür sorgen, dass du ein angenehmes Leben hast."

Und Casper lieh dem Anderen seine Augen und hörte, welche Zukunft dieser damit sah: „Der Park, den du formst, wird sehr schön, du hast eine außergewöhnliche Wahrnehmung und Hände, die einen Garten zu formen verstehen. Aber ich werde dafür sorgen, dass der Park auch berühmt wird. Ich stelle dir den besten Landschaftsgärtner dieser Zeit zur Seite. Dafür musst du nach Schottland fahren, dort wirst du ihn kennen lernen. Ja, ich sehe, das wird gelingen."

Casper, der währenddessen ohne Augen war, bat den Anderen, ihm mehr zu erzählen, und der fuhr fort: „Durch die Arbeit an dem Park wirst du interessanten Menschen begegnen, von denen einige deine Freunde werden, die dir stets wohltuende Gesprächspartner sind mit einer anregenden Wirkung auf deine Lebensfreude. Viele Tage, Abende und frühe Stunden verbringst du mit Einzelnen von ihnen in deinem Landschaftsgarten. Dabei wirst du teilhaben an den Geburtsstunden der modernsten Ideen, die diesem Jahrhundert vorbehalten sind, und du darfst miterleben, wie diese die Welt in ein neues Zeitalter führen. Allerorten wird dir Hochachtung entgegengebracht, unter anderem wird dir der Kaiser von Österreich einen Adelstitel verleihen."

„Der Kaiser von Österreich wird mir einen Adelstitel verleihen?", fragte Casper ungläubig.

„Warum nicht", antwortete der Teufel. „Ich habe noch etwas gut bei dem, der dann Kaiser sein wird. Derartige Dinge sind nicht schwer einzurichten. Geld und Ruhm gibt es an jeder Ecke. Liebe, Glück und Gesundheit sind es, die nur schwer zu erhalten sind. Aber du wirst Glück haben, und die Frau wird dich lieben, und du wirst bis ins hohe Alter gesund sein und einen friedlichen Tod sterben. Das kann ich dir versprechen. Dafür habe ich schon gesorgt. Was wir jetzt tun, ist nur noch ein Ausbalancieren der Kleinigkeiten: ein Adelstitel, einige Bücher, in denen du wohlwollende Erwähnung findest, und vielleicht noch eine Straße, die nach dir benannt wird. Das sollte reichen. Sei großherzig und gut zu den Menschen, dann wirst du Freunde haben und Freude spüren. Allerdings wird der Park bis zu deinem Tod fast dein gesamtes Vermögen aufzehren."

„Mein Vermögen?", erstaunte sich Casper. „Wie kann es sein, dass nur einige Landkäufe mein gesamtes Vermögen aufbrauchen? Ich bin sehr wohlhabend."

„Mache dir deswegen keine Sorgen. Solange du lebst, wirst du reichlich Geld besitzen. Erst bei deinem Tod wird es praktisch aufgebraucht sein", stellte der Andere nüchtern fest.

„Vererbe ich denn gar nichts meinen Kindern?", beunruhigte sich Casper.

Der Teufel schwieg kurz und sagte dann ernst: „Du wirst keine Kinder haben, denn die Frau, die du liebst, ist, wie du schon weißt, mit einem anderen verheiratet, und sie wird ihn nicht betrügen. Wenn du aber Kinder haben willst, dann kann ich es einrichten, das ist kein Problem. Es wird genügend

Frauen geben, die dich wollen. Wähle einfach eine von ihnen. Die Frau, die du liebst, wird dich deswegen nicht weniger lieben."

Casper nickte verstehend: „Es ist schon gut, dann will ich keine Kinder. Wie könnte ich mit einer Frau Kinder zeugen, wenn ich doch eine Andere liebe? Wie könnte eine Familie auf etwas Anderem gründen als auf der Vereinigung zweier Liebender?"

„Das ist ein Jammer", sagte der Teufel, „ich hätte es dir wirklich gegönnt, du hättest es verdient. Aber nach deinem Tod wirst du mehr Glück haben."

„Nach meinem Tod?", wunderte sich Casper. „Komme ich denn nicht in die Hölle, weil ich mich mit dir eingelassen habe?"

Der Teufel lachte: „Nein, du kommst nicht in die Hölle. Wie ich schon gesagt habe, dieses Christentum hat kein gutes Haar an mir gelassen. Du kommst nicht in die Hölle, und du kommst auch nicht in den Himmel. Du erhältst nach deinem Tod ein weiteres Leben und wirst erneut geboren. Und ich werde dafür sorgen, dass du im nächsten Leben mit der Frau, die du in diesem Leben knapp verfehlst hast, in Liebe vereint leben und eine Familie gründen wirst."

Der leise Schatten des Misstrauens legte sich über die Gedanken des Kaufmanns: „Warum willst du das für mich tun? Was ist dein Gewinn dabei?"

Sein Gesprächspartner sah ihn streng an: „Ich bin kein Krämer. Glaubst du, ich denke in Bilanzen? Ich mag dich. Ich tu dir einen Gefallen. Auf eine gewisse Weise verbessert es auch meine Position an dieser strategisch günstigen Stelle, aber das hat nichts mit Gewinn oder Verlust zu tun, und du kannst das nicht verstehen, denn hier handelt es sich um Angelegenheiten einer außer-menschlichen Welt. Und nicht zuletzt war schon lange ein Baumgarten für diesen Ort vorgesehen. Am Ende ist dies nur eine weitere Vorsehung, die sich erfüllt."

„Ich werde noch einmal leben und dann in Liebe mit ihr vereint sein!", fasste Casper laut für sich zusammen. Und in diesem Leben kann ich schon Zeit mit ihr verbringen, sie wird mich lieben, ich werde wohlhabend und gesund sein, habe gute Freunde und darf an den erstaunlichen Umbrüchen der Zeitgeschichte teilhaben."

„Genauso ist es", sagte der Teufel.

Stilles Glück stieg in Casper auf: Dann ist alles gut!"

„Ich freue mich, dass du es so siehst", sagte der Teufel.

Wenige Wochen später kaufte Casper einen Großteil des Landes aus der Konkursmasse dreier Bauern und zog sich aus der aktiven Tätigkeit in seiner Handelsfirma zurück. In den nächsten Jahren erweiterte er die Fläche durch weitere Ankäufe und Tauschgeschäfte, in dem Bemühen, ein möglichst großes, geschlossenes Areal in seinen Besitz zu bringen. Auf diesem Gebiet legte er mit Hilfe eines schottischen Landschaftsgärtners die schönste Parklandschaft an, die in der Gegend je gesehen wurde. Die Familien seiner Arbeiter behandelte er gut, und er zahlte ihnen einen großzügigen Lohn. Das führte dazu, das alle im Park zu verrichtenden Tätigkeiten von gut gekleideten, gut genährten und wohlgelaunten Menschen getätigt wurden. Darüber hinaus brachte er im Hamburger Senat Vorschläge ein, die zu einer deutlichen Verringerung der Armut führten. Dies bescherte ihm Ansehen weit über die Grenzen der Stadt hinaus, und schließlich bat der Kaiser von Österreich ihn, auch das Armenwesen Wiens neu zu organisieren. Das gelang ihm in kürzester Zeit derart eindrucksvoll, dass der Kaiser ihn zum Baron erklärte.

Wie jeder erfolgreiche und beliebte Mensch, hatte auch Casper einige Gegner und Neider. In erster Linie waren das ortsansässige Kleinbauern, die ihm vorwarfen, seine landwirtschaftlichen Methoden seien unchristlich. Er machte sich nicht die Mühe, das zu leugnen. Stattdessen verbat er den „Menschen, die", wie er sagte, „die Bibel für eine Anleitung zum Feldbau halten", den Zutritt zu seinem Park.

So hatte er stets Frieden an diesem seiner Liebe geweihten Ort. In all seinen Anpflanzungen, in jedem neuen Bachlauf, bei jeder Blume im Quellental, die er setzen ließ, versuchte er immer zu erraten, was der Unerreichbaren gefallen würde. Und wenn er mit ihr einen Spaziergang durch den Park machte und etwas, dass er geschaffen hatte, sie erfreute, war er überglücklich. Mit ihrem Ehemann blieb er noch weit über ihren Tod hinaus eng befreundet. Und als Casper im Alter von 87 Jahren fast erblindet, unverheiratet und kinderlos starb, war er dankbar für alle Erinnerungen und freute sich auf das, was kommen würde.

Drosophila (Telegramm vom Glück)

zitrone. gelbrunzlig angestoßen braun. drosophila. eintagsfliege zwei um die frucht. holztisch roh gezimmert. bretter vom gewicht der zeit durchgebogen. raue oberfläche saugt den saft der zitrone. niemand betritt den raum. die zitrone fault. obstschimmel. hoher wände kacheln blau verziert. regal mit büchsen. blechdosen bunte deckel. verblichen. geräumige küche. obst verwesung. die küche altert. die luft altert. drosophila legt eier. zwei millionen. ein paar dutzend überleben. leben vom zitronenfaul. feuchter staub an der sonnenscheibe. einfach verglastes fenster.
einen anderen tag: zitrone gegen den himmel geschleudert. himmelblau mit gelb. glück. aufgefangen. zitrone in die tasche. später auf den tisch.

Isabelle

Am Morgen ist die Grotte gefüllt mit diffusem Licht. Die Sonne steht flach im Blau. Der Himmel dehnt sich wolkenlos über ein Meer. Das salzige Wasser spielt mit weicher Dünung am Grotteneingang, gehöhlt in eine hohe Felswand. Die Felswand ist aus hellem, sandigem Stein. In den Grotteneingang geschwommen, ist das Licht gedämpft. Nach einer ersten Biegung in dem wassergefüllten Gang ist dem Auge Dunkelheit. Das Wasser ist schwarz. Der Körper erschrickt durch Phantasieberührungen von Felslochmuränen. Nach einer zweiten Biegung ist es schlagartig hell, das Wasser ist flach und durchsichtig, der Grund aus weißem Sand, der in einen schmalen, unterirdischen Strand ausläuft. Das plötzliche Licht kommt von oben. In zwanzig Metern Höhe hat die Grotte tief im Felseninneren eine kreisrunde Öffnung zum Himmel. Sonnenlicht durchflutet die Grottenlagune, die Außenwelt ist ausgeschaltet. Hellbraun, blau und das Sonnenlicht bilden hier die einzigen Farben. Ich habe die Grotte noch nicht gefunden.

Als Sprachlehrer für einen Sommer bin ich hierher gekommen, aber es spielt keine Rolle. Die Landessprache beherrsche ich nur schlecht. Ich werde sie lernen, wohne bei einer Familie, deren Tochter ich unterrichten soll. Sie ist kaum jünger als ich. Der Unterricht ist nüchtern, unser Umgang anfangs distanziert. Wir unternehmen Spaziergänge auf denen wir Sprachübungen machen. Abseits in einer Strandbar sitzen wir windgeschützt im Schatten, trinken Wein. Aussprache und Grammatik lernen wir an privaten Unterhaltungen, das ist interessanter. Sie erzählt mir von einer Nacht, in der sie etwas Besonderes erlebt hat. Wir legen uns an den Strand, ich bin schweißbeperlt. Mit einem Tretboot fahren wir am Ufer entlang, wo der Strand aufhört und die Felsen beginnen. Es gibt keine Verständigungsprobleme, wir sprechen nicht, baden vom verankerten Boot aus, schwimmen am Felsen, in den Grotteneingang, ins Innere.

Gegen Mittag wird das Licht klarer. Wir essen nicht. Ich schwimme, tauche. Beherrscht vom Wasser beobachtet mich Isabelle im Sitzen vom Strand. Ich gehe aus dem Wasser, zu ihr, rede nicht.

Wir denken uns nackte Oberkörper alter Priester im Wasser aus, die den kindlichen Gottkaiser hier regelmäßig badeten. Heiliger Ort. Den Priestern waren die Augen verbunden, nur das Kind durfte die Grotte sehen. Nach seinem Tod ist niemand mehr hierher gekommen.

In der Stadt essen wir Schokoladendonuts, gierig. Hier ist kein heiliger Ort. Zum Abendbrot trinke ich Bier.

Morgens esse ich viel. In meinem Zimmer an der Westseite ist es vormittags kühl. Hier findet der Unterricht statt. Isabelle sitzt am Schreibtisch, ich auf der Fensterbank, blicke über die Stadt zum Meer. Am frühen Nachmittag fasse ich die Lektion zusammen. Heute packen wir Rotwein ein und gehen zum Strand. Außerhalb des Unterrichts reden wir kaum. Isabelle hat seit Tagen den Kontakt zu allen Freunden abgebrochen.

Heute ist unterrichtsfrei. Isabelle besucht die Sonntagsschule. Ich langweile mich. Isabelle wird nach dem Unterricht zügig nach Hause gehen. Vielleicht verpflichten sie ihre Freundinnen zu einem Kaffee. Ich gehe kalt geduscht auf die Straße. Das Oberhemd zeigt nach wenigen Minuten Schweißflecken. Es ist heiß, ich gehe langsamer. An einem kleinen Stand kaufe ich mir zwei Bier, eisgekühlt, gehe zum Meer. Das Meer hat hier keinen Strand und stinkt in der Hitze. Hinter mir ist der Lärm der Stadt, Mopedgeknatter, Benzingeruch. Mir ist ein wenig schwindelig, ich trinke einen kräftigen Kaffee, ein Faustschlag in meine Verdauung. Mit leichten Koliken entleere ich mich auf einem Stehklo. Ich versuche zu lesen, aber in der Stadt ist nichts glaubwürdig. Ich gehe ins Zimmer, aufs Bett, liege auf dem Rücken, warte auf Isabelle. Nachts fahren wir zur Felswand.

Wir sind auch nachts in der Grotte sicher, schlafen, träumen, wachen vor dem Morgengrauen auf, kehren mit dem Sonnenaufgang zurück. Als die Eltern aufstehen, sitzen wir in der Küche.

In einer anderen Nacht war ein Tier in der Grotte. Wir haben es nicht erkennen können, es ist im Wasser geschwommen. Die Größe haben wir nicht abschätzen können im wenigen Licht des Mondes. Den Flossenschlag und hohe Laute haben wir gehört. Im schwarzen Wasser hat das Tier uns erst erschreckt und dann mit uns gespielt. Ein Delphin ist nachts in der Grotte.

Im Patio trinken wir bisweilen Tee, eine der wenigen Stunden, die ich mit den Eltern verbringe. Der Patioschatten dämpft die Hitze, die kühlen Fliesen erfrischen meine Füße. Ich mag den Patio. Das Geplauder macht mir keine Mühe. Die Alten misstrauen mir, ich bin zu fröhlich, nicht katholisch.

Ich habe mir einen Strohhut gekauft, damit gehe ich am Hafen. Die eitlen Burschen nennen mich einen Bauern. Ich beobachte und rede selten. Im Wasser treiben leere Flaschen. Ich bleibe stehen und sehe das Spielen kleiner Fische an ihren Hälsen.

Nach acht Wochen reise ich ab, die Eltern verabschieden mich. Isabelle ist nicht da, sie ist den Tag schon sehr früh aus dem Haus gegangen. Einige Wochen später kommt sie in meine Stadt. Auf den Zauber der Grotte müssen wir hier verzichten, aber wir finden andere Plätze, die uns ein unbeschwerteres Glück bescheren.

weiter als warten

In einer Situation, in der sein Ziel unerreichbar war, beschloss ein Mann, nicht zu handeln, seinen Weg nicht fortzusetzen, sondern inne zu halten und zu warten. So setzte er sich hin und begann zu warten mit der Hoffnung, dass die Situation sich ändere.

Da er nichts mehr wünschte, als sein Ziel zu erreichen, litt er die ersten Jahre sehr. Doch er bemühte sich um Haltung, saß möglichst gerade und still, und es blieb ihm keine andere Beschäftigung, als die Vorübergehenden zu beobachten.

Er beobachtete Menschen, ihr Gehen, ihre Wege und ihre Ziele, die sie manchmal erreichten. Mit der Zeit schärfte sich sein Blick. Je mehr er sehen konnte, desto interessanter wurde die Beschäftigung des Wartens für ihn.

Eines Tages sah sein geschärftes Auge, dass die Situation sich geändert hatte, und sein anfängliches Ziel jetzt nicht mehr unerreichbar war. Um dahin zu gelangen, brauchte er nichts weiter zu tun, als aufzustehen und einige Schritte in die richtige Richtung zu gehen.

Nun hatte sich sein Auge aber so sehr verbessert, dass er über die Ziellinie hinaussehen konnte und dort keine Zufriedenheit entdeckte, die es mit der Befriedigung des stillen Wartens und Beobachtens aufnehmen könnte.

Da verstand er, dass das Warten sein Ziel war, und er es seit Jahren schon erreicht hatte. Also saß er weiter still und wartete auf nichts.

Das Institut

1
mutterkorn und feuer oder die Tarnung des unsprachlichen Denkens durch Worte

am staubkorn entfachte sich frühen morgens feuer.
nilu bemerkte es als erster und entblößte sein haupt.
nahe seinen füßen hält er die bunt bemalte schale.
das einsammeln der asche erfordert einen vorsichtigen atem. nilu atmet nicht, er verteilt die steinasche
unter der sonne in seinem gesicht.

früher schaute nilu in feuer, sich jede form einzuprägen. am staubkorn entfachte er es, beroch es im
sand. lernte die hitze, das substanzlose sein – und
das verlöschen.
wie er andernjahres durch einen wald geht, weht dort
ein wind. die beschaffenheit des windes berührt seine gedanken. und er erkennt den tod als wahrnehmungsproblem. mit dem singen der unvermeidlichen
melodien begleitet nilu das verändern der wirklichkeit und folgt voll von neuen sinnen den spuren. sein
unabänderlicher kern entdeckt in den wegen eine
fremde struktur. sie gelingt ihm gut, wenig fest, woanders.

im ritual lernt bastóc die welt.
bastóc ist der herr der Worte.
Er ist in ihre Geheimnisse eingeweiht und weiß von
ihren Unzulänglichkeiten.
Der Tribut, den er für jede Herrschaft entrichtet, ist
der Verzicht auf jede Wirklichkeit.

An dem Brennen einer Flamme erkennt Bastóc nilu, und für einen Moment bricht etwas ein in Bastócs Welt, er kann es nicht benennen.

2
Das Institut

Das Institut wurde angeblich gegründet, um mutterkorn und feuer zu entschlüsseln, aber das ist nicht wahr. Es befindet sich außerhalb rechtsstaatlicher Kontrolle, von Bäumen und einem hohen Zaun umgeben. Die Versuchsobjekte sind von der Gesellschaft vergessene Menschen, deren Verbleib niemanden interessiert. Diese Menschen nicht zu kennen ist eine Erleichterung, denn ihre Vergangenheit ist häufig finster. Diese Aufzeichnung ist eine gekürzte, zensierte, abgemilderte und dadurch erträglich gemachte Darstellungsform der tatsächlichen Vorgänge im Institut.

nilu
singt   In einem Land, einem Raum ohne Frische
        folgen drei Hunde dem Weg in die Nacht
        und ich, Bastóc, den Hunden die wittern:

sagt   Mit fein erblühter Nase betritt Bastóc eine
                                              Nacht
lauter mit einem Wind und einem Wasser
leise   und Bastóc sagt: Frische

singt   Und es ward – nur ein Traum

in einem Land, einem Raum ohne Frische
und ohne Nacht,

sagt

sonst keine zusammenhängende Sätze, als immer
nur wieder diese, weswegen das wissenschaftliche
Personal annimmt, die Worte seien ihm papageien-
gleich beigebracht worden. (Sie nennen es „Nilus
Lied" und manchmal „Bastócs Wort".)

Lange Flure sich ewig wiederholender Kacheln zie-
hen sich als steingewordene Monotonie durch die
Flügel des klotzigen Gebäudekomplexes. Die Türen
in den Wänden der Flure führen zu den Zellen und
Räumen der eingekerkerten Versuchspersonen. Alles
ist glatt, poliert und mit unfreundlichem Licht un-
günstig beleuchtet. Einzig die Wände einiger Zellen
sind uneben und porös vor lauter allmählich abblät-
ternder Erinnerung.

Erinnerung von der Stadtbahn.
Ich vermied es, andere in der Stadtbahn anzublicken.
Ihre Gesichter waren mir zu fahl oder zu grell und
dann leer. Nichtigkeitsmoral, Bequemlichkeitsstre-
ben, dem Leben zum Trotz, der Tod als Konkursbi-
lanz.
Ich in mir die Götterliebe, reklameresistent.
Den Blick gesenkt, die Ohren kann ich nicht ver-
schließen. Höchste Konzentration zur Dummheits-
abwehr. Verbraucht meine Energie. Ich schreibe auf,
wie auch mein Handeln brutal wurde: Ich schaue
ihnen wieder in die Gesichter, schön, ohne Lüge,
sorgsam zerschossen.
Reklameresistente Hirnerfahrung.

Vollgespritzt mit ihrer roten Gemütlichkeit (Gewebepeinlichkeit) finde ich mich in meinem Raum wieder, wo der Traum begann. Pistole reinigen ist eine meditative Beschäftigung, voller geheimer Formeln, im Dienste höherer Geister. Ich befreie die Welt in der Stadtbahn, ich habe meinen Auftrag.

Reklameresistent trete ich aus dem Haus in den Nieselregen. Die geweihte Jacke hält die Pistole trocken. Ich gehe zur Stadtbahn, heute bin ich vorbereitet. Beim „zurücktreten bitte" trete ich ein. Ich sondiere in sekundenschnelle das Areal. Ich agiere zweckmäßig, rationell. Von einer Seite (Flanke) zur anderen, strukturiert, buum, buum, buum, Zeitlupenwahrnehmung, Fliehende aus der Drehung erschossen. Wimmern dringt aus dem Gewebebrei, Nachbereinigung, Fangschüsse, finaler Rettungsschuss für den Geist.

Ich steige aus. Die Sonne bricht durch die Wolken, die Jalousie, in meinen Raum, wo der Traum begann. Ich streife die feuchte Jacke ab. Im Abteil hat es nicht geregnet. Das Blut kam aus keinen Wolken.

Ich ruhe mich aus, onaniere langsam, verteile das Ejakulat über meine Erinnerung an Chantal, schlafe samenbeschmiert ein und träume von Geschlechtern.

Analyse der Stadtbahn Erinnerung.
Es gibt eine Stadt. Es gibt eine Bahn. Es gibt einen Auftrag. Es gibt eine Frau in der Erinnerung.
Das sind die Fakten. Sie sind falsch verknüpft worden. Der Grund dafür könnte eine unterdrückte, zornige Eifersucht sein, die einen unschönen Einfluss auf die Phantasie genommen hat.

Das wissenschaftliche Personal ist in weit misslicherer Lage als die Gefangenen. Die in Isolationshaft verkerkerten Versuchsobjekte sind längst in Welten der Phantasie geflüchtet und haben dort nicht selten wahre spirituelle Meisterschaft erlangt. Nur wenige Eremiten oder Mönche, die sich in abgelegene Bergregionen schweigend zurückzogen, erreichten derartige Fähigkeiten.

Das wissenschaftliche Personal muss in ihren Körpern verbleiben und einen Dienst nach Plan und darüber hinaus in dem trostlosen Gebäude verrichten. Motiviert sind sie von einer gefühlsentfremdeten Pseudoforschung, die in erster Linie der Kompensation ihrer Lebenslehre durch sadistische Handlungen dient. So entfernen sich die Wissenschafter in diesem Gebäude stetig immer weiter von ihren ungedachten Wünschen.

Zudem tauchen immer wieder unangemeldet Personen auf, die die Gefangenen aus ihrer unerschöpflichen Phantasie in dieses Gebäude mitgebracht haben.

Transparente Erscheinungen, die Kreidemuster an die Wände der Gänge schmieren und sich jeder genaueren Betrachtung entziehen, strapazieren die Nerven der überarbeiteten Angestellten aufs Äußerste.

Inoffizielle Aufzeichnung über die Asymmetrie:
Die sogenannte „Symmetrie der Sphären" ist eigentlich eine Asymmetrie.
Dieser Gedanke ist verboten, ihn auszusprechen ist streng verboten und ihn niederzuschreiben ist strengstens verboten.

Mit „Sphären" meine ich nicht unterschiedliche Bereiche in dieser Welt. Jede Sphäre ist eine eigene Welt. Mit „Welten" meine ich nicht Planeten sondern Wirklichkeiten.

Die Symmetrie der Sphären bedeutet, dass am selben Ort zeitgleich verschiedene Wirklichkeiten stattfinden. In den verschiedenen Wirklichkeiten befinden sich unterschiedliche wandelnde Wesen, die im Radius ihrer beschränkten Wahrnehmung lieben, leiden, hoffen, bangen und schließlich sterben. Menschen sind eine Form von wandelnden Wesen, die in einigen Sphären vorkommt. In den verschiedenen Sphären herrschen unterschiedliche physikalische Gesetze. Die Symmetrie der Sphären ist eigentlich eine Asymmetrie.

Eine Asymmetrie zwischen den Sphären ist eine Unebenheit, ein Spalt, durch den sich von einer Sphäre in die andere wechseln lässt.

„Sterben" ist eine Art die Sphäre zu wechseln. „Träumen" ist häufig ein Ausflug in eine andere Sphäre. Zwischen den Sphären vorsätzlich, gezielt und dauerhaft zu wechseln ist eine Hohe Kunst.

Das wissenschaftliche Personal hält sich strikt an einen Zeit- und Arbeitsplan, der in Abständen einiger Wochen von den Führungskräften immer wieder neu erstellt wird, in dem Bemühen die Erkenntniseindeutigkeit der Experimente laufend zu erhöhen.

Zwillingsexperimente erfreuen sich großer Beliebtheit.

Bei zweieiigen Zwillingen kann die Befruchtung durch ein oder zwei Begattungen erfolgt sein, im zweiten Fall müssen beide innerhalb des relativ kurzen befruchtungsfähigen Zeitraums des gleichen Menstruationszyklus stattgefunden haben (Überschwängerung). Eine Überschwängerung kann durch verschiedene Spermienträger (Männer) erfolgen, in diesem Fall sind die zweieiigen Zwillinge Halbgeschwister. Unabhängig davon können zweieiige Zwillinge verschiedengeschlechtlich sein (Paarzwillinge).

Marcello und Marcina sind Paarzwillinge mit unterschiedlichen Vätern. Unmittelbar nach der Geburt verwaisten sie und boten sich dadurch als Versuchsobjekte an. Nach Aufnahme in das Institut verbrachten sie die ersten sechs Monate in getrennten „black boxes", wo jede Erinnerung, einschließlich der vorgeburtlichen, gelöscht wurde. Danach wurden sie ihren unterschiedlichen Experimenten zugewiesen.

Marcina befindet sich seitdem in einer Langzeitstudie, die bis zu ihrem altersbedingten Tod dauern soll. Das Grundthema des Experimentes lautet: „Menschliche Mechanismen und Entwicklung in Isolation".
Marcina wird vom wissenschaftlichen Team „Gretel" genannt, eines abteilungsinternen Scherzwortes wegen („Hänsel ging dir verloren, dafür bleibt dir die Hexe erspart").
Sie befindet sich für die Dauer ihres Lebens in zwei großen, leeren Räumen, die mit hochwertigem, abwaschbarem Kunststoff dauerhaft ausgeschlagen sind. In der Mitte der Räume ist jeweils ein Siel im Boden eingelassen („ihre Fenster ins Universum").

Nahrung wird ihr intravenös in Schlaf- und Betäubungsphasen zugeführt. Die nächtliche dieser Phasen (die Beleuchtung ahmt Tageszeiten nach) wird zur Dampfstrahlreinigung des Raumes genutzt („spülen"). Marcina braucht keine Kleidung, die Raumtemperatur beträgt immer 27 Grad, es sei denn, die Temperatur wird zu Versuchszwecken verändert. „Nackt im Nichts kennt Gretels Erinnerung Niemanden", wurde ihre Lebenslage kürzlich in einem Vortrag etwas blumig beschrieben, für gewöhnlich wird ihr Zustand einfach als „blanco" bezeichnet.

Marcellos Versuchssituation ist vollkommen anders und in einem weit entfernten Gebäudeteil.

Marcello: „Marcina, mein ich, in Nächten wie dieser vermisse ich dich."

Marcina: „Marcello, mein Ich, so treffen wir uns heimlich, wenn alle und auch wir schlafen."

Marcello: „ Wir können uns nicht berühren und sind doch schon eins."

Marcina: „So sprechen wir von den Träumen, etwas anderes bleibt uns nicht."

Marcello: „Ich habe geträumt, wir sind keine Geschwister und doch eins."

Marcina: „Mir war, ich ginge mit meinem Bruder Hänschen in den Wald und kam immer nur mit dir zurück. Du lebtest mit den wilden Tieren und warst wilder noch als sie – und vorsichtiger.

Marcello: „In einer anderen Nacht traf ich im Wald deinen Vater: er ist schwarzbehaart und krumm, voller Singen und Summen, Lehrling und Freund des Feuers, seiner Macht. Konnte ich sein Sohn nicht, wollte ich doch Bruder seiner Tochter sein."

Marcina: „In einem Traum an einem Tag in dem Dorf aus dem ich stamme, lebte auch dein Vater: er ist hell und aufrecht, lehrte mich ein wenig von den Worten, seiner Ordnung, seiner Macht – und schickte mich in den Wald, dich zu suchen. Auf den Weg gab er mir als Halt ein Wort, das lautet: Unordnung.

Marcello: „Doch vor unseren Träumen gebar uns die eine Mutter."

Marcina: „Die immer gleiche Mutter."

Beide: „Feuer und Wort, Samen des Weltraums, sind unsere Väter, die Erde, Heimat von Wald und Dorf, die Mutter, aus der wir wuchsen. Marcello und Marcina genannt sind wir doch alle Namen - und namenlos." Und singen die Prophezeiung: „Allgeschlechtlich doppelt und doch eins, erscheint der Gottgeist in Menschengestalt, die Einheit des Menschengeistes zu bekunden."

wie er andernjahres in einem unbeobachteten moment durch Gänge und Flure geht, weht dort ein wind. die beschaffenheit des windes berührt seine gedanken, er erinnert sich an die hitze, das substanzlose sein – das verlöschen ... und erkennt den tod als wahrnehmungsproblem. daraufhin spielerisch zerlegt sein heimlicher kern die wirklichkeit zu einem neuen ganzen.

In einem der zahllosen Isolationsräume ist ein junger Mann, der sich Bastóc nennt. Er hat viele Gedanken im Kopf und kann sie in keine Ordnung bringen. Auch sind die Gedanken der Art, dass sie sich nicht einordnen lassen. Weil ihm keine andere Wahl bleibt, sieht er es ein und behält die Gedanken ungeordnet im Kopf. Dort entwickeln sie sich gut und werden immer feiner. Vielleicht deswegen darf er seine Zelle nicht mehr verlassen. Natürlich verlässt er sie manchmal trotzdem, aber heimlich. Einmal bekommt er in einer Stadt den Auftrag, mit einer Bahn in ein Dorf zu fahren und die Bewohner über die veränderte Situation im Land aufzuklären. Der Auftraggeber ist das Amt seiner Stadt. Das Dorf liegt abgeschieden.

Er kommt in das Dorf und niemand glaubt ihm. Sie sagen, er habe schon immer dort gelebt, sei der Geschichtenerzähler des Dorfes. Die Stadt existiere nur in seiner Einbildung, denn es gäbe nichts außer dem Dorf.

Aus irgendeinem Grund bekommt der Mann Fieber, vielleicht von den Strapazen der Reise oder dem veränderten Klima. Eine Frau, die sich Maia nennt und sagt, sie sei schon immer seine Geliebte gewesen, pflegt ihn. Ihm erscheint das merkwürdig, denn er erinnert sich, eine Ehefrau in der Stadt zu haben, und er kann seine Gedanken schon wieder in keine Ordnung bringen. Er fragt sich, ob die Stadt nicht doch nur ein Traum war, sie erscheint ihm weit weg und unwirklich.

Aber er kommt wieder zu Kräften und Zweifeln, und will Klarheit über die Stadt hinter der Wüste, aus der er kam. Entgegen der Ratschläge der Dorfbewohner macht er sich auf den Weg zurück in die Stadt, glaubt sich zu verlaufen, ist auch noch von der gerade überwundenen Krankheit geschwächt, bricht unter sengender Sonne in der wüsten Einöde zusammen und gibt die Stadt auf. Andere bringen ihn zurück in das Dorf und zu Maia. Der Mann bleibt Geschichtenerzähler des Dorfes.

Das Forschungsinstitut liegt außerhalb. Aber nichts liegt außerhalb von allem. Das Forschungsinstitut liegt innerhalb einer natürlichen Landschaft mit weiten Ebenen und tiefen Wäldern. Auch ohne Fenster reisen die Gedanken der Insassen immer tiefer in die Wälder und verschlingen sich mit den Erlebnissen der imaginären Bewohner. Ohne dass ein Mitglied des wissenschaftlichen Stabs es bemerkt hätte, ist der Wald auf das Institut aufmerksam geworden. Doch noch laufen die Versuche im Institut weiter wie seit Jahren.

Mit einigen Insassen werden therapeutische Gespräche geführt. Besonders progressiv ist eine Forschungsreihe, die sich mit Gewissensstrenge, Schuld und Sühnemechanismen beschäftigt. Um schnell auf versuchsrelevante Themen zu stoßen, werden den Versuchsobjekten schuldbeladene Erinnerungen per Hypnose induziert.

Neulich brannte mir der rechte Arm ab. Da wurde ich ein wenig wahnsinnig von dem Schmerz.
Als der Qualm sich verzogen hatte, schlug ich meinen Mantel über den hässlich stinkenden Stumpf (fleischfasergewimmel nackter weißer schnecken).
Am nächsten Morgen wachte ich auf, und neben mir lag meine Geliebte schon ganz kalt vor lauter Tod.
Ein großer Schrecken fiel auf mich, und ich wollte aus dem Bett springen, nur war ich auch schon tot

und sogar auferstanden. Das wurde mir schnell klar, denn mein Arm war prächtig nachgewachsen.

Jetzt lügen Fremde, ich hätte meine Geliebte beidhändig erwürgt. Immer wieder beteure ich vergeblich, dass das nicht sein kann, da ich

Erstens erst nach dem Tod wieder beide Arme hatte, und

Eins Punkt Erstens man einarmig nur schlecht jemanden totwürgen kann und

Eins Punkt Zweitens tot schon gar nicht und

Zweitens seine Geliebte überhaupt erst recht nicht weil

Zwei Punkt Erstens man seine Geliebte nicht tötet sondern

Zwei Punkt Zweitens liebt.

Eine Arbeitsgruppe des Instituts befasst sich mit der psychologischen Urgeschichte des Menschen. Davon ausgehend, das Wahnsinn die Quelle aller Religiosität ist, wurden hier Religionsmodelle früherer Zeiten rekonstruiert, indem die wiederkehrenden Muster im psychotischen Denken der Isolationsobjekte mit archäologischen Indizien wie Pfeilspitzen, Knochenfunden und Höhlenmalereien, und mit völkerkundlichen Beobachtungen wenig zivilisierter Ethnien, sowie mit Primatenverhalten und DNA-Befunden verknüpft wurden.

Bastóc verlässt inzwischen regelmäßig seine Isolationszelle um das Dorf zu besuchen. Den in seiner Zelle installierten Aufzeichnungskameras entgehen diese Ausflüge.

Die m´buti leben in den zusammenhängenden Wäldern Afrikas. Sie werden selten größer als 1400 Millimeter, weswegen sie von den kolonialen Besatzern als „Pygmäen" (Däumlinge) bezeichnet wurden. Ihr soziales Gefüge ist kaum untersucht, da sie keine festen Wohn- noch Schlafplätze haben und schwer aufzuspüren sind. Sie schlagen kein lebendes Holz, betreiben mit Niemanden Handel und haben keine eigene Lautsprache. Gelegentlich bedienen sie sich benachbarter Bantu-Sprachen. Die m´buti benutzen Werkzeuge aus Stein, die denen des Vormenschen Australopithecus habilis und in einigen Stücken denen des Urmenschen Homo erectus gleichen. Sie fertigen ein Werkzeug in wenigen Minuten und lassen es nach der Benutzung achtlos liegen. Sie haben keine Kleidung, nur einige tragen Masken, die aus Schädel und Fell von Raubtieren gearbeitet sind. Diese Tiere töten sie mit Gift aus den Pflanzen die sie kennen. Das Feuer gebrauchen sie als Mitte.

Bastóc.
Bin Herr und Sklave der Worte. Maia, meine Geliebte, schon immer. Ich, der Geschichtenerzähler. Das sind die Worte.

Der Mensch im Stein.
Isolationsexperimente gelten als besonders ergebnisfreudig, institutsintern schätzt man sie als kostengünstige und leicht zu organisierende Versuche. Die entscheidenden Empfindungen notiere ich sorgsam in chronologischer Reihenfolge an der Wand. Es ist hier nicht viel Wand, aber ich schreibe klein, der Platz wird mir nicht ausgehen. Da ich keine

Schreibwerkzeuge habe, können die Wächter es
nicht lesen:
Sonne, dein Licht kann
in den Raum zu mir nicht reichen!
Darum werd` ich selbst es hierher tragen.
Wind, dein Atem erreicht mich nicht!
Darum entfache ich den Sturm in mir.
Wasser, dein weiches Schmeicheln wiegt mich
nicht mehr in Geborgenheit.
Nur ist jetzt in mir ein See, dort tauche ich.
Feuer, Deine Liebe und Deinen Hass
muss ich entbehren!
Nur wird das Feuer in meiner Brust
erbarmungsloser als du selbst.
Die Erde ist auf graue Wände nun beschränkt,
eintönig und eben, wie sie mir sonst nicht war.
Darum bin ich mir hier
selber Welt genug.

Die in den Versuchen gewonnenen Daten werden in
dem unterirdischen Archiv des Instituts gesammelt.
Der Unternehmensphilosophie entsprechend, die
besagt, das Einzelteil werde motiviert, wenn es vom
Ganzen erfährt, finden darüber hinaus in der ebenfalls unterirdischen Kapelle des Gebäudes regelmäßig Kolloquien und Symposien statt, in denen For-
schungsgruppen ihre Ergebnisse in Form kleiner
erbaulicher Vorträge interessierten Mitarbeitern anderer Abteilungen vorstellen.

Modell von der Religion der Urmenschen.
Der Homo erectus (Urmensch) hatte im Verhältnis
zum heutigen Affen ein nur wenig weiter entwickel-

tes Gehirn und dachte unsprachlich. Per psychologischer Definition dachten die Urmenschen daher gar nicht. Es handelt sich vielmehr um warum auch immer vorhandene Vorstellungen von der Wirklichkeit und ein warum auch immer darauf Reagieren.

Ein Gott ist nicht nachgewiesen.

Die Seele wandert im Schlaf, ist da und wird doch nicht benannt.

Das Feuer entspringt dem Stein.

Im Feuer vergeht das Leben.

Leben und Stein sind die gegensätzlichen Prinzipien, Feuer das Verbindungsglied. Das Leben bietet sich dem Stein als Werkzeug an, ihn zu formen. 23 Werkzeugformen aus Feuerstein sind bekannt, die häufigste ist der Faustkeil. Er hat im Leben der Urmenschen eine zentrale Bedeutung, denn vor der Erfindung des Wortes konnte der Mensch die Welt nur mit dem Faustkeil verändern.

Es folgt ein kurzer Beifall und eine heitere Diskussion in der Institutskapelle bei einigen Gläsern Wein. Derselbe Referent hält zu späterer Stunde einen weiteren, diesmal spontanen Vortrag.

Modell der Religion des Jetztmenschen.

Der Homo sapiens (Jetztmensch) hat ein bzw. mehrere Götter. Die Götter stehen in einem interessierten Verhältnis zum Menschen und übernehmen die Funktion eines Vormundes, dessen Aussagen mehrdeutig sind.

Götter sind unsterblich, werden aber gelegentlich durch andere ersetzt.

Eine Seele wird angenommen und benannt, aber nicht definiert. Als ein „unsterbliches was auch immer" wird sie ausgeklammert.

Der Mensch ist oberster Richtwert und Symbol Gottes, die Welt das gegensätzliche Prinzip.

Durch das Wort als Günstling Gottes legitimiert, ist das Ziel des Homo sapiens, das gegensätzliche Prinzip durch eine Weltneuschöpfung auf immer zu bezwingen. Dieses heilige Bemühen wird auf allen gesellschaftlichen Ebenen als Wettkampfsituation ritualisiert.

Ausdruck der Verehrung des unabänderlichen Willens ist die Maschine, deren Lauf kein Zaudern stoppt. Sie ist Baustein und Instrument zur Neuen Welt.

Der Glaube äußert sich als Bemühen, neue, feste, biologisch nicht abbaubare stoffliche Verbindungen zu schaffen, die die Welt nicht hervorbringen konnte.

Der Tod wird untergeordnet behandelt, da ihm für den Aufbau der Neuen Welt keine Bedeutung zukommt. Daher bleibt Raum für zahlreich angestellte Behauptungen und Spekulationen, die letztendlich niemand glaubt.

Trotz aller Bemühungen den Mitarbeitern des Instituts private Freiräume zu schaffen, machen sich nach Jahren der Forschung immer mehr Symptome von Überarbeitung bemerkbar. Auch die ungezügelten und unkontrollierten Phantasien der Versuchsobjekte stellen eine erhebliche Belastung für das emotionale Empfinden der Wissenschaftler dar.

Ein kleiner Freundeskreis von Forschern hat es sich daher zur Angewohnheit gemacht, in der freien Zeit bei schönem Wetter kleine Exkursionen in die Umgebung zu machen, um zum Beispiel ein anregendes Picknick an einem malerischen Bachlauf abzuhalten. Ihnen ist nicht bewusst, dass sie durch diese Ausflüge eine neue Handlung beschleunigen.

Eine junge Ärztin aus dem Freundeskreis, der regelmäßig die Ausflüge in die Umgebung macht, hat das Gefühl, zunehmend in ein Räderwerk aus Routine zu geraten, das ihr den klaren Blick auf die Experimente versperrt. Daher lässt sie sich immer häufiger zu Nachtschichten einteilen. Nachtschichten sind unter den aufstrebenden Wissenschaftlern nicht beliebt, da sich hier kaum Daten gewinnen lassen, denn die meisten Versuchsobjekte schlafen. Die Ruhe der Nacht gibt ihr aber Gelegenheit, die Experimente zu durchdenken. So sitzt sie häufig im Aufzeichnungsraum, blättert die Berichte der Tagesschicht durch und starrt nachdenklich auf die Bildschirme, auf denen die Schlafenden in ihren Zellen zu sehen sind.
Plötzlich schrickt sie zusammen. Auf einem der sechzehn Bildschirme ist zu sehen, wie ein eben noch Schlafender mit einem Ruck aufsteht und nun gerade im Raum steht. Sie sieht schnell im Verzeichnis nach, es ist Bastóc, ein Isolationsobjekt, das die Zelle seit Gründung des Instituts noch nie verlassen hat. Er geht näher zur Kamera, von deren verborgenen Existenz er nichts wissen kann, und scheint sie über den Bildschirm direkt anzustarren. Er beginnt zu sprechen, als wisse er von den Mikro-

fonen. Und obwohl sie weiß, dass der Gedanke unsinnig ist, kommt es ihr vor, als spreche er zu ihr:

Bastócs Vortrag über Religion und Wissenschaft.
Religion versucht nicht-stoffliche Zusammenhänge in Worte zu fassen. Doch dafür sind Worte nicht geeignet. Worte zwängen dem Nicht-Stofflichen die Regeln der Grammatik auf, doch das Nicht-Stoffliche ist ohne Grammatik.
Religionen liegt eine anständige Absicht zu Grunde: Jemand hat ein außergewöhnliches Erlebnis in nicht-stofflichen Bereichen, einer höheren Sphäre, gemacht. Nun will er anderen dieses Erlebnis auch verschaffen. Also erinnert er sich an seine Handlungen vor dem außergewöhnlichen Erlebnis und empfiehlt den Anderen dringend, sich genauso zu verhalten. Er denkt: Ich habe niemals meine Frau betrogen. Deswegen habe ich dieses Erlebnis gehabt. Also formuliert er daraus eine Regel: Betrüge niemals deine Frau! Oder: Bete fünfmal täglich! Oder: Ehre Vater und Mutter! Oder: Sage immer die Wahrheit! Oder: Trinke keinen Alkohol! Oder: Hüpfe vor dem Schlafengehen dreimal auf dem rechten Fuß!
Doch er begeht einen Irrtum. Zwar hat er dieses außergewöhnliche Erlebnis gehabt, doch nicht unbedingt, weil er diese Dinge vorher getan hat. Er hat dieses außergewöhnliche Erlebnis gehabt, weil er von der höheren Sphäre eingeladen worden ist. Zwar kann es sein, dass seine Handlungen ihn in eine besondere Stimmung versetzt haben, er ein reines Gewissen und innere Ruhe durch das fünfmalige Beten hatte, und er durch diese innere Stimmung besonders empfänglich für die Einladung war. Aber das ist

keineswegs zwangsläufig so und vor allem können bei anderen Menschen und unter anderen Umständen andere Handlungen die nötige Empfänglichkeit schaffen.

Und wenn dieser jemand vielleicht im Laufe seines außergewöhnlichen Erlebnisses Regeln mit auf den Weg bekommt, heißt das keineswegs, dass diese für einen anderen außer ihm selbst gelten. Es hieß nicht: „Niemals soll jemand einen anderen Menschen töten!" Vielmehr lautete das Gebot: „Du sollst nicht töten!" Und es meinte: „Töte keinen Menschen, töte keine Kuh, kein Schaf, keinen Fisch! Wenn ein anderer eine Kuh tötet und dir anbietet, kannst du sie ruhig essen!"

Es war nötig, Moses diese Regel mit auf dem Weg zu geben, denn er war ein gewalttätiger Mensch. Andere brauchten derartige Regeln nicht, denn sie kamen sowieso nicht auf die Idee, jemanden zu töten. Denen wäre vielleicht das Gebot mitgegeben worden: „Vertraue dir selbst und zaudere nicht!"

Auf gar keinen Fall ist gemeint gewesen: „Bestrafe andere, die sich nicht an die Regeln halten, die für dich gemacht sind!"

Nach der Religion räumte ich mit der Wissenschaft auf. Wissenschaft ist nicht eine neue Religion. Wissenschaft beschäftigt sich mit dem stofflichen Teil dieser Sphäre. Wissenschaft beschäftigt sich also nur mit einem winzigen Ausschnitt des Seins. Innerhalb dieses Ausschnittes funktionieren die dort aufgestellten Regeln. Wissenschaft ist ein sinnvolles System, Erkenntnisse über die stoffliche Welt dieser Sphäre zu vermehren. Keineswegs ist Wissenschaft geeignet, andere Bereiche des Seins zu erklären. Wissenschaft kann die alles durchdringende und umfassende Wirklichkeit nicht erklären. Daher ist es unlogisch, ihre Erkenntnisse auf nicht-stoffliche Bereiche anzuwenden. Es ist falsch zu sagen: „Es existiert keine Seele, denn sie ließ sich wissenschaftlich nicht nachweisen." Und tatsächlich tut dies auch kaum ein Wissenschaftler, denn sie sind sich durchaus bewusst, dass es Teile des Seins gibt, die sich mit ihrer Methodik nicht erfassen lassen.

Um so erstaunlicher ist es, dass sie wissenschaftliche Erkenntnisse benutzen, um eine so genannte „Erkrankung der Seele" zu diagnostizieren. Tatsächlich benutzen sie diesen Begriff, um etwas zu beschreiben, für das sie keine Erklärung haben.

Unanständig ist es, mit aus Methoden der Wissenschaft gewonnenen Erkenntnissen an sogenannten Erkrankungen der Seele herumzudoktern. Hier wird eine in der stofflichen Welt gefertigte Schablone auf einen der Wissenschaft unbekannten Bereich der nicht-stofflichen Welt gelegt.

Die wesentlichen Ereignisse in den Isolationszellen wird die Wissenschaft nie ergründen können. Dieses Institut ist ein Irrweg.

Die junge Ärztin schrak wieder zusammen. Ihr Kopf lag zwischen ihren Händen auf der Tischplatte. Sie war während des Dienstes eingeschlafen. Schnell überprüfte sie die Bilder auf den Monitoren. Erleichtert sah sie, dass alle Versuchsobjekte schliefen.

3
Leon

Aus dem Wald war ein Mann bis an die Umzäunung des Instituts heran gekommen. Er wandte sich an den Wächter: „Ich bin Leon. Ich möchte mich hier umsehen."

Der Angestellte des Instituts antwortete beflissen und ohne sich eine Sekunde über seine Worte zu wundern: „Das ist nicht erlaubt. Doch sehe ich keinen Grund, es zu verhindern."

Leon bedankte sich. „Wenn sie mir jetzt noch den Zentralschlüssel geben und mir sagen, in welchem Raum ich Bastóc finde, werde ich Ihnen nicht weiter zur Last fallen."

„Aber nicht doch, sie sind mir keine Last."

Und so öffneten sich Leon alle Türen, denn für alle und jedes gibt es einen Schlüssel.

Auf seinem Gang durch das Institut musste Leon lachen über die Einfältigkeit der Wissenschaftler. „Hier wird vieles gespalten und isoliert betrachtet. Doch ist da Niemand, der vereint."

Allen Wissenschaftlern, denen er auf dem Weg zu Bastócs Zelle begegnete, teilte er mit, dass das Institut nun aufgelöst sei und die Existenzberechtigung verloren habe. Die Nachricht verbreitete sich wie ein Windstoß im ganzen Haus. Einige Wissenschaftler und technische Angestellte protestierten, aber sie konnten Leon nicht stoppen, denn sie wagten es nicht, sich seiner höflichen Entschlossenheit in den Weg zu stellen. Als klar wurde, dass das Ende des Instituts unausweichlich war, kam es zu Tumulten,

Isolationstüren wurden geöffnet, Versuchsobjekte strichen neugierig durch die Räume, Wissenschaftler machten sich gegenseitig lautstarke Vorwürfe, Ärzte rissen sich ihre Kittel vom Leib, schrien, tanzten, lachten oder weinten und zerwarfen einige Fensterscheiben. Andere bewahrten sich einen Rest ihrer wissenschaftlichen Objektivität und versuchten mit abmontierten Überwachungskameras die Szenen festzuhalten, in der Hoffnung, sie später auswerten zu können. Doch bald wurde auch ihnen klar, dass eine derartige Analyse in diesem Institut nicht mehr würde stattfinden können.

Leon schloss Bastócs Isolationsraum auf und trat ein. Bastóc lächelte ihn wenig überrascht und wohlwollend an, und Leon sagte: „Hallo Bastóc. Ich möchte jetzt sofort mit dir in das Dorf gehen." Bastóc nickte, stand auf, und sie verließen zielstrebig die Zelle.

Eine junge Ärztin, der es gelungen war in dem Chaos einen klaren Kopf zu behalten, stellte sich ihnen in den Weg. Es war dieselbe, die in einer Nacht während des Dienstes eingeschlafen war und Bastóc über Religion und Wissenschaft hatte reden hören. Sie wandte sich an Leon: „Wo gehen Sie hin?"
„Ich begleite Bastóc in das Dorf", stellte Leon sachlich fest.
Die Wissenschaftlerin runzelte die Stirn: „Weit und breit gibt es hier kein Dorf."
Leon zuckte mit den Achseln: „Wir gehen trotzdem."

„Ich möchte mitkommen", entfuhr es der Ärztin spontan.

Leon sah die junge Frau spöttisch an und sagte schließlich: „Wenn du möchtest, kannst du gern mitkommen."

So verließen sie das Institut zu dritt. Im Freien war ein sonniger Tag, und als sie den Bachlauf entlanggingen, kam es der Ärztin fast vor, als sei sie auf einem Ausflug mit ihren Freunden. Leon und Bastóc gingen zügig und schweigsam, und sie hatte Mühe, mit ihnen Schritt zu halten. Dabei wäre sie gern langsamer gegangen, um die ständig wechselnden Landschaftsbilder und Blüten, die ihr häufig völlig unbekannt waren, zu betrachten. Doch Leons entschlossener Schritt ließ keine Verzögerung zu. Nachdem sie einige Stunden derart durch die Landschaft gehastet waren, änderte sich die Vegetation. Bäume wichen einer kargen Einöde aus Stein und Staub. Leon blieb einen Moment stehen.

Bastóc bemerkte: „Der Weg ist heute lang."

Die Ärztin schaute zum Himmel und hatte den Eindruck, die Sonne sei seit ihrem Aufbruch unverändert senkrecht am Himmel.

Leon sah sie streng an: „Du verzögerst unseren Weg vorsätzlich. Aber solche Spiele können wir uns nicht leisten, in dieser Wüste kann eine halbe Stunde ohne Wasser über Leben und Tod entscheiden. Es gibt keinen Weg zurück mehr. Es gibt nur noch zwei Möglichkeiten: Entweder wir erreichen das Dorf in einem Eilmarsch ohne Rast, oder wir sterben in der Wüste. Also konzentriere deine Kräfte!"

Die Ärztin kniff die Lippen zusammen. Sie wusste schon lange nicht mehr, wo sie sich befanden, der Schweiß stand ihr auf der Stirn und ihre Kehle war ausgetrocknet. Sie nickte: „Ich bin bereit." Und sie liefen in einem leichten Trab mehrere Stunden an den Grenzen ihrer Möglichkeiten durch die Wüste. Und als die Ärztin gerade entschlossen war, sich zu Boden fallen zu lassen und zu sterben, erreichten sie das Dorf.

Kinder kamen ihnen entgegengelaufen, sprangen um sie herum und riefen freudig: „Maia und Bastóc sind zurück!" Dann verlor die junge Frau das Bewusstsein. Sie sah nicht mehr, wie Leon von den Älteren, die den Kindern gefolgt waren, ebenfalls wie ein alter Vertrauter und mit reichlich Schulterklopfen begrüßt wurde.

Bastóc war den Wechsel vom Dorf in andere Sphären schon gewohnt und wusste, dass er der Wirklichkeit Zeit geben musste, sich einen Weg zu bahnen, und bemühte sich, ihr dabei nicht im Weg zu stehen.

Maia dagegen hatte das Dorf zum ersten Mal verlassen und fand sich überhaupt nicht zurecht. Sie brauchte einige Wochen Schlaf und behutsame Pflege.

Als sie nach einigen Tagen das erste Mal aufwachte und vorübergehend das Bewusstsein wiederfand, saß Bastóc neben ihrem Bett. Er lächelte ihr zu und sie betrachtete ihr Versuchsobjekt wohlwollend. Für sich dachte sie: „Er ist zwar verrückt, aber ich mag ihn." Dann schlief sie wieder ein.

Als sie das nächste Mal aufwachte, brachte er ihr etwas Suppe und ein Getränk. Er war ihr merkwürdig vertraut. Dieses Gefühl verunsicherte sie sehr.

Sie kam sich etwas dumm vor, als sie ihn fragte: „Wer bist du?" Er antwortete: „Ich bin Bastóc, der Geschichtenerzähler des Dorfes. Und ich weiß auch, wer du bist, aber ich möchte es von dir hören."

Sie wollte sagen: „Ich bin die Ärztin", aber es kam ihr ungenau, geradezu falsch vor, und so sagte sie stattdessen nachdenklich „Die Kinder haben mich Maia genannt."

Bastóc sah sie forschend an: „Und wie nennst du dich?"

Sie sah in seine Augen und es fiel ihr nicht ein. Sie lachte verlegen, senkte den Blick und sagte: „Ich weiß nicht."

Bastóc lächelte wieder, aber es schien ihr, als verberge er dahinter einen Gedanken. Schließlich sagte er freundlich: „Es wird dir wieder einfallen, schlaf erst noch ein wenig. Ich lege mich zu dir."

Sie wollte protestieren, aber als er ihr nah war, schien sein Geruch ihr so vertraut, dass sie still blieb. Und bevor sie noch einen weiteren Gedanken fassen konnte, war sie wieder eingeschlafen.

Als sie das nächste Mal aufwachte, lag Bastóc nicht neben ihr, und sie erschrak. Er fehlte ihr. Sie hörte im Nebenraum Geräusche, stand auf, hüllte die Decke um ihre überraschende Nacktheit und freute sich, als sie sah, dass Bastóc der Urheber der Geräusche war. Er stand in der Küche und bereitete eine Mahlzeit. „Du musst etwas essen", sagte er.

Sie setzte sich an den Tisch, und alles schien ihr vertraut. Er füllte ihr einen Teller auf, nahm sich auch etwas, und setzte sich zu ihr. Sie aßen schweigend, blickten sich ab und zu an, lächelten. Sie fühlte sich glücklich, als sei eine schwere Last von ihr genommen.

Nachdem Essen fragte Bastóc: „Hat es dir geschmeckt?"

Statt auf seine Frage zu antworten, sagte sie: „Ich bin mir nicht sicher, wer ich bin. Ich fühle, ich bin die, die sich in deiner Nähe wohl fühlt. Ich erinnere mich, eine Ärztin in einem Forschungsinstitut gewesen zu sein, und du warst mein Versuchsobjekt. Aber es kommt mir falsch vor, wie ein Irrtum. Kannst du mir sagen, wer ich bin?"

Ihm lag es auf der Zunge zu sagen: „Du bist Maia, meine Geliebte, schon immer", aber aus eigener Erfahrung wusste er, es würde ihr nicht weiterhelfen. Darum schlug er vor: „Warum ziehst du dir nicht etwas über, und wir spazieren ein wenig durch das Dorf."

Die kleinen, gelb und weiß gestrichenen Holzhütten, die Gerüche aus denen in der Sonne stehenden offenen Säcken, die flinken Geckos an den Hüttenwänden, all das war ihr vertraut, und jedes Gesicht kam ihr bekannt vor. Wenn sie stehen blieben für eine kleine Plauderei mit anderen, stellte sie überrascht fest, dass sie ohne nachzudenken Einzelheiten aus dem Leben dieser Menschen kannte. Ein allgemeines Wohlwollen und freundliche Wünsche, kleine Obstgeschenke und Kinderscherze begleiteten ihren Weg.

Ein kleines Stück weiter sahen sie eine Gruppe nackter Männer im Gras sitzen. „Wer sind die?", wunderte sie sich.

„Setzen wir uns zu ihnen, schlug Bastóc vor, dann kannst du sie selbst fragen."

„Wir sind die Tänzer. Darum sind wir nackt. Die Tänzer tanzen nackt.

Wir sind die Tänzer, keiner von uns ist der Haupt-tänzer. Wir tanzen nackt. Für die Kraft und für die Bewegung, und weil wir immer nackt im Schicksal sind.

Keiner von uns ist der Haupttänzer. Nub ist der, der tanzt. Wir tanzen nicht, wir ahmen den Tanz des Nub nach. Nub selbst erscheint im Laufe des Festes bei gutem Gelingen und tanzt mit uns. Wer nicht tanzt, vermag Nub nicht zu sehen. Wer nicht nackt tanzt, wird nicht von Nub berührt.

Wir tanzen nackt, wir werden von Nub berührt, wir sind nackt im Lauf des Schicksals. Wir tanzen um und durch euch alle, und wir berühren alle mit unse-ren Blicken. Nub hat uns berührt.

Wir sind die Tänzer. Wir tanzen mit Nub. Wir geben dem Schicksal eine erträgliche Form. Dafür ist das Fest, und dafür ist das Ritual."

Als sie aufstanden und weiter gingen, kam Leon ihnen entgegen und begrüßte sie fröhlich. Er sah die Frau wieder spöttisch an: „Und weißt du schon, wer du bist."

Bastóc antwortete für sie: „Sie ist bald soweit."

Leon zog die Augenbrauen hoch: „Warum sagst du es ihr nicht einfach?" Ohne eine Antwort abzuwarten, wandte er sich der jungen Frau zu und erklärte ihr: „Du bist Maia, Bastócs Geliebte, schon immer. Bastóc ist der Geschichtenerzähler des Dorfes. Es gibt nichts außer diesem Dorf. Das Dorf ist von Gärten eingefasst. Durch diese Gärten lassen sich alle denk- und fühlbaren Welten erreichen. Bastócs Aufgabe als Geschichtenerzähler ist es, in diese Gärten zu gehen, andere Welten aufzusuchen, zurückzukehren, und uns das Erlebte als Geschichte zu erzählen. Das ist die Aufgabe des Geschichtenerzählers, und er tat sie immer gut. Aber beim letzten Mal blieb er sehr lange in den Gärten, und er fand nur mit Mühe zurück. Und als er zurück war, erkannte er uns lange nicht, phantasierte von einer Stadt, einer Bahnfahrt und einem Auftrag. Er hatte sich zu lange in seiner Geschichte aufgehalten und hielt sie für die Wirklichkeit! Du hast ihn damals gepflegt, aber er musste erst in einer Wüste verdursten, bevor er bereit war, sich wieder an das Dorf zu erinnern. Weil dich das sehr beunruhigt hat, bestandest du darauf, Bastóc bei seiner nächsten Reise durch die Gärten zu begleiten. Wir waren nicht sicher, ob das eine gute Idee ist. Der Geschichtenerzähler ist schon immer allein gegangen. Auf der anderen Seite halten wir Tradition für eine schlechte Angewohnheit, und wir kannten dich als außergewöhnliche Frau. Da wir dich sowieso nicht abhalten konnten, ließen wir es zu. Tatsächlich schien es uns angebracht, Bastóc eine an die Seite zu stellen, die ihn rechtzeitig an die Rückkehr erinnert, bevor er sich wieder in den Weiten der anderen Welten verirrt. Also gaben wir dir den Auftrag, ihn zu begleiten und ihn im Auge zu behalten.

Ihr wart wie zwei, die sich aufgemacht haben, einen gemeinsam Traum zu träumen. Wir wussten nicht, ob so etwas möglich ist. Es gelang euch, in dieselbe Sphäre zu kommen, doch ihr gerietet auf unterschiedliche Seiten derselben Handlung. Du wurdest die Wissenschaftlerin, er das Versuchsobjekt.

Wir konnten ja nicht ahnen, dass du, um ihn zu beobachten, gleich ein riesiges Gebäude um ihn errichten, ihn in eine Isolationszelle sperren und ein ganzes Forschungsteam auf ihn ansetzen würdest. Aber du bist eben sehr gewissenhaft in allem, was du tust. Schließlich warst du so sehr von deiner Arbeit eingenommen, dass sie zum Sinn deines Seins wurde. Sie wurde dir zur Falle. Dein ganzes Bewusstsein, war von der Forschung im Institut eingenommen, dein wahres Leben hattest du vergessen. Bastóc bemerkte, was mit dir los war, aber er konnte dich nicht mehr erreichen. Immer wieder reiste er aus der Zelle, die du ihm zugedacht hattest, hierher, beriet sich mit uns, und kehrte in das Institut zurück, ohne dass du auch nur einmal seine häufige Abwesenheit bemerkt hättest.

Schließlich ist es uns nur gelungen, dich zurück zu holen, in dem ich Bastóc in das Institut gefolgt bin. Wie du dich vielleicht nicht erinnerst, bin ich der Zauberpriester dieses Dorfes. Wir sind also das Risiko eingegangen, jemand Drittes in eine Sphäre zu schicken, in der sich zu bewegen nur Bastóc gewohnt war. Glücklicherweise war ich durch unsere Beratungen vorbereitet und ließ mich nicht beirren. Als erstes löste ich dein Institut zügig im Ganzen auf und wandte dann einen Trick an. Statt deine Aufmerksamkeit wach zu rütteln, habe ich dich einfach als eine Ärztin, die nunmehr ohne Institut und Anstellung frei von scheinbaren Verpflichtungen war, mit hierher gelockt. Natürlich war Bastóc dabei eine große Hilfe. Denn obwohl es das Institut nicht mehr gab, fühltest du dich noch immer verpflichtet, Bastóc zu beobachten, denn auch wenn du dich nicht mehr an ihn erinnertest, wirkte dein ursprünglicher Auftrag, Bastóc im Auge zu behalten, noch. Und da er ganz offensichtlich und vor deiner Nase weggeführt wurde, blieb dir nichts anderes übrig, als ihm zu folgen. Das Ganze war gut vorbereitet. In den Monaten zuvor hatten wir dich schon kleine Ausflüge in die Umgebung machen lassen, und damit dein Gefallen an der Wirklichkeit außerhalb des Instituts geweckt. Der Gedanke, uns zu begleiten, löste in dir eine ähnliche Freude aus, wie die Aussicht auf ein Picknick am Bach."

Die junge Frau blickte von Leon zu Bastóc, erinnerte sich im selben Moment an alles und begann lang und hell zu lachen. Bastóc lachte auch, denn er war erleichtert von ihrer Rückkehr.

Und wenn sie sich später noch manchmal bei dem Gedanken ertappte, sie sei eine Ärztin, lachte sie und schalte sich eine Närrin.

Viele Abende nach dem Fest sagte Maia zu Bastóc: „Eine Erinnerung ist eine Erinnerung. Früher mag sie eine Wirklichkeit gewesen sein. Doch alles Sehen ist oberflächlich. Alles ist trügerische Oberfläche. Die Wirklichkeit ist dahinter. Um sie zu erkennen, müsste man lernen, die Oberfläche als ein durchsichtiges Glas zu sehen."

Handlungsstand.

Inmitten des Waldes steht eine Form wie das Institut, zerfallen, überwuchert, von Wurzeln zerrissen. Stein zu Moos und später auch Hirsch. Irgendwann, sehr viel schneller, als irgendein Wissenschaftler es vermutet hätte, waren die Mineralien der Steine, aus denen die Mauern des Instituts errichtet waren, durch Wasser und Sonne zu Moos transformiert und von Rehen gefressen worden. Der Rest war zu Staub zerfallen, vom Wind verweht, vom Laub überdeckt, und von Würmern durchdrungen zu einer recht fruchtbaren Erde geworden. Wo das Institut stand, war bald eine begrünte Lichtung im Wald, durch die sich zaghaftes Rotwild tastet.

Wo das Institut stand, ist eine begrünte Lichtung im Wald, noch nicht der Wald selbst. Zwar ist eine Lichtung nicht der Wald selbst, doch der Charakter eines Waldes beinhaltet auch wechselnde Lichtungen, so dass die Lichtung nicht der Wald selbst, aber doch ein Bestandteil des Waldes ist, gleichwie das Institut ein feindseliger Fremdkörper war.

Sonne senkt sich durch die von Vergänglichkeit schwere Luft des Waldes, beleuchtet die Lichtung als eine Bühne.

Handlung.

Aus der Kulisse des Unterholzes betritt nilu die Bühne. Er, der einst im Staub Feuer entfachte, wartet nun auf die Zunahme des Mondes.

Mit Raben in Gesellschaft

Raben sind schwierig. Sie sind leicht zu kränken, dann kehren sie sich ab. Sie halten sich nicht an Konventionen und benehmen sich häufig unmöglich. So manch eine peinliche Situation in Gesellschaft, die ich gern vermieden hätte, verdanke ich einem Raben.

Raben sind sehr nützlich. Wer einen Raben hat, kann sich glücklich schätzen. Raben verschaffen einem unentbehrliche Informationen. Wer zwei Raben hat, erfährt sehr viel und ist vor plötzlich hereinbrechendem und keineswegs zufälligem Unglück geschützt.

Der Preis für zwei Raben ist ein Auge. Wer zwei Raben hat, verliert früher oder später ein Auge oder dessen Sehkraft. Doch dank der Raben sieht er mehr, als mit zwei Augen.

Nun ist mein Problem, dass drei Raben in meiner Nähe sind. Normalerweise würde ich mit jedem einzelnen einen freundschaftlichen Kontakt pflegen, denn sie behandeln mich alle sehr gut, gleichwie sie sich untereinander nicht ausstehen können. Mein erstes Auge habe ich durch einen Fotoapparat ersetzt, aber mein zweites Auge ist mir zu schade, ich brauche es noch. Nur von welchem Raben soll ich mich trennen?

Das Mädchen aus Nong Khai

„Da wachsen die Schatten. Ich darf sie meine Freunde nennen. Sie sagen, komm mein Junge, fort, wir müssen wieder weiter. Der Stein zu meinen Füßen jedoch fordert mich auf zu bleiben. Entsinne ich mich recht, so hob ich damals den Stein auf, steckte ihn in die Tasche meiner Jeans und folgte meinen Freunden in die Nacht.“ (Rainald Goetz: „Irre“)

Ich befinde mich in einem Alptraum. Wie so viele Alpträume begann auch dieser harmlos und entwickelte sich dann erst zu etwas Schönem, wie um den späteren Schrecken durch diesen Kontrast nur noch abscheulicher zu machen.

Es begann damit, dass ich mir ein Zimmer mieten wollte. „Ich hätte gern ein Zimmer im vierten oder fünften Stock.“ Der kleine, alte Mann an der Rezeption blickte mich überrascht an. Hinter seiner Brille waren sehr freundliche Augen, die anscheinend krank waren, die Iris war geschwollen und das Weiße grau verfärbt. Er gab zu bedenken: „Wie haben keinen Fahrstuhl.“ Das machte mir nichts aus, ich war das Treppensteigen gewöhnt. Ganz im Gegenteil, ich hatte in den letzten Jahren etwas Fett angesetzt, und das häufige Treppensteigen wäre sicherlich nicht zum Nachteil für meine Figur. Doch nicht deswegen wollte ich ein Zimmer im vierten oder fünften Stock. „Es ist doch richtig, dass vom vierten und fünften Stock aus der Fluss zu sehen ist?“ „Das ist richtig.“ Er freute sich sichtbar, meine Beweggründe zu verstehen. „Vom vierten und fünften Stock aus ist der Fluss zu sehen. Im dritten Stock kann man den Fluss nicht sehen. Ich gebe ihnen

Zimmer 402." Er überreichte mir den Schlüssel, ich bezahlte einen Tag im voraus, er bedankte sich zwei- oder dreimal, und ich trug meinen Koffer in den vierten Stock.

Das fünfstöckige Apartmenthaus gefiel mir. Alles war außergewöhnlich sauber, die Böden waren mit glänzenden Steinen gefliest, und obwohl im geräumigen Treppenhaus viele Fenster offen standen, kamen keine Insekten ins Innere. Angesichts dessen, dass ich mich in den Tropen befand, war das erstaunlich. Der Raum 402 erwies sich als geräumig, er hatte ein großes Bett mit einer festen Matratze, die mit blütenweißem Bettzeug bezogen war. Es gab ein Badezimmer mit Wasserklosett und warmer Dusche, eine Klimaanlage, einen Fernseher mit 40 Kanälen in mir unbekannten Sprachen und einen Balkon mit Blick über Wellblechdächer auf den Fluss. Vom ersten Moment mochte ich diesen Raum.

Nachdem ich mich geduscht und umgezogen hatte, machte ich einen Spaziergang durch die Stadt und zum Fluss. Die Stadt enttäuschte mich, alles schien durchschnittlich und ohne eigene Atmosphäre zu sein, der Himmel war mit grauen Wolken zugezogen, und es begann zu regnen. Da ich weder meinen Spaziergang unterbrechen noch einen Wasserschaden an meinem Fotoapparat riskieren wollte, kaufte ich einen gelben Regenschirm. Der Fluss, ein breiter, langsam und bestimmt fortfließender braunroter Strom, gefiel mir weit mehr als die Stadt. Sicherlich war er einer der größten und breitesten der Welt. Am Strom flog ein blauer Schmetterling von der Größe einer Amsel, der führte mich zu einem Tempel. Den betrachtete ich von außen. Von der Tempelhalle, zu

der eine schmale, drachenverzierte Treppe empor-
führte und auf deren Dach ein riesiger Buddha
thronte, musste man einen guten Ausblick über den
Fluss haben. Aber heute wollte ich mir nur einen
ersten Eindruck verschaffen, den Tempel würde ich
an einem anderen Tag besuchen.

Um meinen aufkommenden Hunger zu stillen, setzte
ich mich auf die Terrasse eines Restaurants am
Fluss. Viele Kellnerinnen in gelben T-Shirts um-
schwirrten mich und brachten mir ein fremdes Essen. Als ich gerade anfangen wollte, es mit Gabel
und Löffel zu essen, machte eine Serviererin, die
wartend neben meinem Tisch stehen geblieben war,
eine vorwurfsvolle Bemerkung über meine Unge-
schicklichkeit und griff mir mit ihren Fingern in das
Essen. Sie faltete und knetete die verschiedenen Zu-
taten zu einem Bündelchen zusammen und forderte
mich auf, es im Ganzen in den Mund zu stecken. Ich
sah sie belustigt an. Sie hatte es gewagt, mit ihren
Fingern in mein Essen zu greifen. Unter normalen
Umständen würde ich es jetzt sicherlich nicht mehr
essen, da ich mir aber bewusst war, mich in einem
Traum zu befinden, lächelte ich sie spöttisch an und
aß den Happen. Das Essen bestand hauptsächlich
aus Baumblättern und schmeckte außergewöhnlich
gut. Der Geschmack war mir völlig neu. Sie knetete
so oft und immer wieder in meinem Essen herum,
bis sie überzeugt war, dass ich es ohne ihre Hilfe
verstand, ähnliche Bündelchen zu formen. Fast wä-
ren wir Freunde darüber geworden.

Auf dem Weg zu meiner Unterkunft kam ich an einer Frau mit traurigen französischen Augen vorbei,
die vor einer mit Wellblech gedeckten Holzhütte an

einem kleinen Stand Crepes zubereitete. Frankreich war sehr weit weg, und sie war sicherlich keine Französin, aber ich spürte, dass sie einmal jemanden von dort geliebt haben musste. Ich bestellte einen Crepe, den sie in stiller Andacht zubereitete und mir für einen unsagbar kleinen Betrag überließ. Niemals zuvor habe ich wohlschmeckendere Crepes gegessen.

Zufrieden mit den Erlebnissen stieg ich in den vierten Stock und legte mich schlafen. Am nächsten Tag schien die Sonne und beleuchtete die Stadt in einem weit angenehmeren Licht. Ich spazierte durch das Städtchen, nahm ein Frühstück am Fluss und sah zum ersten Mal die Schönheit dieses Ortes. Die meisten Häuser waren ein- oder zweistöckig und in gelb, hellblau, ocker oder türkis gestrichen. Im Erdgeschoss befand sich meist ein kleines Geschäft oder ein Gebetsraum, und auf den flachen Dächern trocknete säuberlich aufgehängte Wäsche.

Einen besonders schönen, kleinen, stillen, ockerfarbenen von steinernen Halblöwen bewachten und mit seinem Säulenvorbau beinah griechisch wirkenden Tempel, der nicht eng stand wie die Häuser, sondern von einem sandigen Hof mit einigen Palmen umgeben war, besuchte ich für einen Moment der Ruhe und etwas Schatten. Als ich ihn wieder verließ, hatte mein Blick sich verfeinert, und ich bemerkte eine kleine Ungewöhnlichkeit an dem Haus auf der anderen Straßenseite. Auch hier schien im Erdgeschoss etwas wie ein Geschäft zu sein, nur ohne Kasse und Kunden. Ich zog die Schuhe aus und betrat den Raum. Im Inneren gab es einen Tisch, einen Stuhl und drei niedrige, etwa vier Meter lange Regale. In den Regalen lagen mit dem Titel nach oben etwa zwanzig Bücher, wobei jedem fast ein Meter Regal gewährt wurde, so als würde jedes einzelne mit genügend Raum gewürdigt. Dieser Eindruck wurde von einer alten Frau unterstrichen, die vor den Regalen kniete und beinah zärtlich und mit viel Geduld ein Buch nach dem anderen mit einem Staubwedel streichelte. Ich nickte ihr zu, sie lächelte und setzte ihre Andacht fort. Nie war ich in einer schöneren Bibliothek gewesen. Etwa die Hälfte der Buchtitel war zu meiner Überraschung sogar in einer Schrift, deren Buchstaben mir vertraut waren. Ich widerstand der Versuchung, eines der Bücher zu lesen, verließ dankbar bereichert das Haus und setzte meinen Spaziergang fort.

Ein Fahrradvermieter schlief in einer über den Bürgersteig gespannten Hängematte neben zwei recht kleinen Fahrrädern, die wohl eher für Kinder geeignet waren. Ich beschloss, mir eines zu mieten, um die weitere Umgebung zu erkunden. Es gelang mir, den Mann in der Hängematte auf mich aufmerksam zu machen, und er gab mir eines der kleinen Fahrräder für einen erneut sehr niedrigen Betrag.

Mit dem Fahrrad fuhr ich die Straße am Fluss entlang aus dem Städtchen heraus. Nur sehr selten fuhr ein Moped oder ein Bus auf der Straße. Eine sich ausdünnende Holzhüttenbebauung wich Feldern, die sich sehr malerisch an den Flusslauf schmiegten. Obwohl die Strecke wunderschön war, zog es mich mit zunehmendem Abstand von dem Städtchen immer dringender dorthin zurück.

Als ich am Abend körperlich gemartert vom Fahren auf dem zu kleinen Fahrrad mit dem unbequemen

Sattel meinen Ausgangspunkt wieder erreichte, konnte ich das Fahrrad nicht wie verabredet zurück geben, weil der Vermieter nicht mehr da war. Stattdessen lernte ich in unmittelbarer Nähe der Fahrradvermietung eine junge Frau auf einem Moped kennen, die sich über mich auf dem winzigen Fahrrad lustig machte. Ich sagte ihr, dass ich am nächsten Tag weiter reisen würde und in dieser Stadt niemanden kannte, und fragte sie, ob sie nicht etwas Zeit mit mir verbringen wolle. Sie sagte: „Warum nicht, ich habe die nächsten zwei Stunden nichts vor." Wir stellten das Fahrrad beim Hotel ab und fuhren mit ihrem Moped ziellos durch die schlafende Stadt. Nach einem nächtlichen Essen an einem Straßenstand verabschiedete sie sich, nicht ohne mir ihre Telefonnummer gegeben zu haben.

Am nächsten Morgen rief ich sie an, nachdem ich das Fahrrad zurückgegeben hatte und fragte sie, ob sie noch einen Cappuccino mit mir trinken wolle. Sie nahm die Einladung an, aber ich wartete eine Stunde vergeblich auf sie vor dem Hotel. Als ich sicher war, dass sie nicht mehr kommen würde, mietete ich ein Lastenmotorrad mit Fahrer und ließ mich mit meinem Gepäck über die Brücke auf die andere Flussseite in der Überzeugung fahren, nicht mehr in das Städtchen zurück zu kehren, denn ich hatte bereits eine mich immer weiter fortführende Reiseroute geplant. Am anderen Ufer angekommen fuhr ich nach Erledigung der Grenzformalitäten mit einem weiteren Motortaxi bis in die nächst größere Stadt.

Die Menschen auf dieser Seite des Flusses sprachen eine eigene Sprache, und obwohl das Klima dasselbe war, herrschte eine andere Atmosphäre. Ich besuchte den Tempel, der als das Hauptheiligtum des Landes galt, befreite zwei Vögel aus einem Käfig, wurde daraufhin von Mönchen zum gemeinsamen Gebet eingeladen und lauschte den Abendgesängen der Novizen bis zum Einbruch der Dunkelheit. Dabei wurde mir bewusst, wie sehr ich es bedauerte, das Mädchen in dem Städtchen auf der anderen Seite des Flusses ohne Abschied zurückgelassen zu haben. Ich bekam das Gefühl, es wäre besser für mich gewesen, mich noch einmal mit ihr zu treffen.

Dennoch versuchte ich am nächsten Tag ein Flugticket zu kaufen, um meine geplante Reiseroute fortzusetzen, und in ein weiteres Land zu reisen. Als sich herausstellte, dass für die folgenden sieben Tage alles ausgebucht war, fühlte ich mich erleichtert, denn jetzt würde ich auf einem Umweg mit der Bahn weiter reisen müssen, und der Ausgangspunkt dafür war zwangsläufig die Stadt am anderen Ufer des Flusses. Ich freute mich, dass ich noch eine Gelegenheit bekommen würde, einen Kaffee mit dem Mädchen auf dem Moped zu trinken.

Ich überquerte den Fluss erneut, kehrte in das Städtchen zurück, kaufte mir ein Bahnticket für den nächsten Abend und mietete wieder einen Raum in demselben Apartmenthaus. Als ich sie gerade anrufen wollte, stellte ich fest, dass eine Naht der einzigen Hose, die ich nicht zum Waschen an der Rezeption abgegeben hatte, aufgegangen war. Da ich mich nicht nachlässig gekleidet mit ihr treffen wollte, ging ich in Richtung des Marktes, um mir eine neue Hose zu kaufen. Auf dem Weg dorthin wurde ich von einem alten Raben auf einer Motorrikscha angesprochen. Er versuchte mich zu überreden, seine Fahrdienste in Anspruch zu nehmen, für wenig Geld wollte er mir einen außerhalb der Stadt gelegenen „Skulpturen Park" zeigen. Ich lehnte höflich ab. Er schlug vor, dass ich mich stattdessen einfach zu ihm auf die Motorrikscha setzen könne, um ein wenig zu plaudern. Er versuche die Verkehrssprache, derer wir uns bedienten, besser zu erlernen, und hin und wieder ein kleines Gespräch sei für ihn die beste Übungsstunde. Da er sehr sympatisch war und ich nicht in Eile, saßen wir bald gemeinsam und plauderten. Als er hörte, dass ich vorhatte eine Hose zu kaufen, um dann das Mädchen wiederzufinden, war er begeistert. Drei Mädchen seiner Nachbarschaft seien mit einem Mann aus der anderen Welt verheiratet, und er wisse, dass so etwas gut funktioniere. Ich versuchte, seine Begeisterung zu dämpfen, schließlich wollte ich nur einen Kaffee mit ihr trinken, um mich zu verabschieden, aber der Rabe war nicht mehr zu bremsen. Er fuhr mich unentgeltlich zu einem Hosenhändler und wollte sich dann mit auf die Suche nach dem Mädchen machen, damit ich sie nicht anrufen müsse, schließlich sei die Überraschung für sie doch viel schöner, wenn ich unvermittelt vor ihr stünde und mich nicht durch einen Anruf ankündigte. Eine halbe Stunde machten wir uns gemeinsam auf die Suche, dann beschloss ich, doch den schlichteren Weg über ihre Telefonnummer zu gehen, denn ich befürchtete, er würde mit seiner Fragerei in einigen Häusern, die mir recht zwielichtig erschienen, meine kleine Begegnung am Ende über die ganze Ortschaft ausgebreitet haben. Außerdem wollte ich nicht zuviel Zeit verlieren, schließlich hatte ich für den nächsten Tag bereits ein Zugticket, das mich fortführen würde. Der Rabe gab meinem Einwand mit leichter Enttäuschung nach und setzte mich an einer Telefonzelle ab, wartete die drei Versuche ab, die ich brauchte, bis ich sie erreichte, und verabschiedete sich dann mit dem Vorschlag, dass er mir beim nächsten Mal die Gegend zeigen könne, in der er wohne.

Sie hatte meine Stimme sofort wieder erkannt: „Wo bist du gewesen vor fünf Tagen? Ich habe eine Stunde auf dich in dem Café gewartet. Wolltest du dich über mich lustig machen?" In was für einem Café? Ich kannte mich doch gar nicht aus in dieser Stadt. Nein, ich hatte angenommen, wir würden uns vor dem kleinen Hotel treffen. Ich erklärte es ihr und nun verabredeten wir uns dort. Eine halbe Stunde später kam sie mich abholen.

Ihre Freude war unübersehbar, offensichtlich hatte sie alles stehen und liegen gelassen und war sofort gekommen. Sie sah mich etwas ungläubig an, als wolle sie prüfen, ob ich real sei. Als wir kurz darauf wieder auf ihrem Moped saßen, wusste ich, dass es die richtige Entscheidung gewesen war, hierher zurückzukehren. Diesmal brachte sie mich in die etwas außerhalb gelegene Parkanlage mit den überdimensionalen Steinfiguren, die auch der Riksha-Rabe mir hatte zeigen wollen. Begleitet von einem aufmerksamen Hund wanderten wir hier eine Weile umher und genossen unsere beidseitige Gegenwart in dieser skurrilen Atmosphäre, die von den mehr außerirdisch als buddhistischen wirkenden Statuen geschaffen wurde. Für den nächsten Abend lud sie mich zu ihrer Familie ein. Ich sagte ihr, dass ich die Einladung nicht annehmen könne, da ich weiterreisen würde. Im nächsten Moment kam es mir albern vor. Nichts zwang mich weiter zu reisen. Dies war mein Traum, und wenn ich einen Tag später reisen wollte, konnte ich das tun. Also nahm ich die Einladung dankend an, fuhr zum Bahnhof und verlängerte die Fahrkarte um einen Tag.

Am nächsten Tag fragte sie mich erneut, ob ich noch einen weiteren Tag bleiben könnte, und wieder tauschte ich die Fahrkarte. Das Gleiche wiederholte sich am übernächsten Tag. Dann befiel mich eine Sorge. Ich befürchtete, diese Stadt nicht mehr verlassen zu können, für ewig hier und in meinem Traum festgehalten zu werden. Also durfte ich die Weiterreise nicht weiter verschieben. Auf der anderen Seite wollte ich aber auch das Mädchen nicht zurücklassen. Irgendwo hatte ich mal gelesen, dass sich jemand bei einem nächtlichen Spaziergang mit Freunden von einem Stein, der auf dem Gehweg lag, angesprochen fühlte. Der Stein gefiel ihm so sehr, dass er am liebsten bei ihm geblieben wäre. Aber seine Freunde waren schon weiter in die Nacht gegangen und riefen ihm zu: „Wo bleibst du denn, komm, wir wollen weiter!" Da nahm er den Stein, steckte ihn in seine Tasche und folgte seinen Freunden in die Nacht.

So fragte ich sie, ob sie nicht mit mir zusammen reisen wolle. Nach kurzer Überlegung stimmte sie zu. Wir verabredeten, ein oder zwei Wochen gemeinsam zu reisen. Dann würde ich sie in das Städtchen am braunen Strom zurückbringen, mich verabschieden und in mein Land fliegen, das auf der anderen Seite der Erde lag. Denn wenn ein Traum auch formbar ist, so enthält er doch einige unverrückbare

Merkmale, die Meilensteine, an denen sich nichts ändern lässt, jedenfalls nicht ohne das gesamte Wesen des Traums in Frage zu stellen. Meine Rückreise mit einem Flugzeug an einem bestimmten Tag war einer dieser Meilensteine.

Wir besuchten an diesem Abend vor der Abfahrt aus dem kleinen Städtchen erst einen Tempel, den sie seit ihrer Kindheit gewohnt war aufzusuchen, und baten um ein glückliches Geschick für die gemeinsame Reise. Danach stiegen wir auf meinen Wunsch hin in die kleine Halle des Tempels mit der Aussicht über den Fluss, der mir an meinem ersten Tag in diesem Ort aufgefallen war. Hier lagen wir einige Zeit von einem Luftstrom umspielt auf den in der tropischen Hitze angenehm kühlen, schwarzen Marmorfliesen und blickten über den Fluss. Von der Spiegelung ihres Gesichts im Marmor des Fußbodens machte ich ein Foto.

Überglücklich über die Aussicht auf mehrere gemeinsame Tage und das Abenteuer mit jemanden beinah unbekannten zu reisen, brachen wir am nächsten Morgen auf. Die Bahn brachte uns in den Süden. Wo immer es uns gefiel, stiegen wir aus und blieben einige Tage. Wir kamen in eine riesige Stadt mit gewaltigen Wohntürmen und futuristischen Stadtbahnen, und tatsächlich wurde hier das Jahr 2549 geschrieben. Ein anderes Mal kamen wir in ein Hotel auf einer Sandbank am Meer, von wo eine Brücke zu einem Berg führte, der von Affen bevölkert wurde. Wir schlossen Freundschaft mit den anfangs feindseligen Affen und erhielten Zugang zu ihrem Tempel auf dem Gipfel des Berges, von wo wir einen Ausblick über die Sandbänke bis hin zu einigen vorgelagerten Inseln hatten.

Mit einem Boot fuhren wir zu einer entfernten Insel und lebten dort einige Tage am Strand. Bald waren zwei Wochen vorüber, und wir wollten uns noch nicht trennen.

Nun hatte sie am Telefon erfahren, dass sie wegen unentschuldigter Abwesenheit ihren Arbeitsplatz in dem kleinen Städtchen am braunen Strom verloren hatte. Sie tat das mit dem Achselzucken eines Menschen ab, der plötzliche Veränderungen als zwangsläufige Begleiterscheinung einer intensiven Art zu leben gewohnt war, und sagte, sie wolle dann in einer zweihundert Kilometer entfernten Stadt am selben Fluss arbeiten, von wo sie neulich ein Angebot bekommen hätte.

Ich war davon beunruhigt. Das Städtchen war das Zentrum meines Traumes, und dorthin fühlte ich mich verpflichtet, sie zurück zu bringen. Da mir kaum eine andere Wahl blieb, begleitete ich sie zu dem neuen Ort, um gemeinsam ein Appartement für sie zu suchen, und mich wenigstens mit ihrem neuen Wohnort vertraut zu machen.

Die Atmosphäre in diesem anderen Ort am selben Fluss schnürte mir die Kehle zu. Hier sollte ich sie zurücklassen? Aller Zauber des Ausgangsstädtchens war hier ins Negative pervertiert. Vergeblich versuchte ich sie zu überreden, nicht hier zu bleiben. Nachdem das fehlgeschlagen war, versuchte ich den Schaden niedrig zu halten. Ich sah mich nach den guten Elementen in diesem Ort um, stärkte die und machte sie mit ihnen bekannt. Das waren: ein kleines Ameisenvolk, vier Filzstifte, ein Schreibwarenhändler, eine Friseurin und ihr Freund, ein Stand auf dem Nachtmarkt, eine wassergefüllte Lavaformation außerhalb der Stadt, ein Orakelturm und ein Internetcafe.

Doch trotz dieser Bemühungen blieb der Raum, in dem wir dort zehn Tage gemeinsam lebten, eine Insel in feindseliger Umgebung.

Am Abend vor meiner zwangsläufigen Abreise erhielt ich eine unerwartete Unterstützung von ihrem Großvater: Er war gestorben, und so war sie gezwungen, in unser Ausgangsstädtchen am braunen Strom zurück zu reisen, um dort seiner Beerdigung beizuwohnen. Ich kaufte einige kleine Geschenke für die Beerdigungsgäste, die ich ihr mitgab und achtete darauf, dass sie nichts an diesem Ort der schlechten Einflüsse zurückließ. Zwar bedauerte ich es, sie nicht in ihre Heimatstadt begleiten zu können und mich an diesem unerfreulichen Ort von ihr verabschieden zu müssen, aber auf der anderen Seite war ich sehr erleichtert, dass sie nicht hier zurückblieb. Zudem sollte unser Abschied nur ein vorübergehender sein, denn ich hatte sie in mein Land eingeladen. Da wir beide wünschten, mehr Zeit miteinander zu verbringen, hatte sie meine Einladung dankbar angenommen, nachdem ich ihre anfänglichen Bedenken zerstreut hatte. Ihre Bedenken stammten von einem Gerücht her, das besagte, Menschen aus ihrer Gegend sei es nicht möglich, in mein Land zu reisen. Ich versicherte ihr, eine derartige Reise sei mit einer Einladung von mir problemlos möglich und zerstreute ihre Sorge. So wollte ich vorreisen, die notwendigen Dinge für ihren Besuch einleiten, und ihr dann ein Ticket zuschicken.

Wir verabschiedeten uns an einem Busbahnhof, von dem ihr Bus zum Städtchen unserer Begegnung fuhr und mein Bus zum Flughafen, und angesichts eines baldigen Wiedersehens unter anderen Umständen, die ein weiteres Abenteuer versprachen, war unser Abschied beinah fröhlich.

Zu Hause angekommen, rief ich sie an. Und am nächsten Tag und an den weiteren Tagen, um sie wie versprochen Schritt für Schritt über den jeweiligen Stand der Vorbereitungen auf dem Laufenden zu halten. Nach sieben Tagen hatte ich alles erledigt und schickte ihr das Ticket zu. Wir telefonierten am achten und am neunten Tag. Am zehnten Tag kippte der Traum unvermittelt und ohne Vorankündigung in einen Alptraum: Ihr Telefonanschluß existierte nicht mehr, ich verlor den Kontakt zu ihr.

Seitdem sind schon einige Wochen vergangen, in denen ich nichts von ihr gehört habe. Das Ticket habe ich inzwischen wieder storniert. Ich weigerte mich lange aufzuwachen, denn ich hatte einmal gehört, dass die Menschen eines fernen Inselvolkes von Kindheit an trainierten, ihre Träume willentlich zu lenken. So sollte es doch auch mir möglich sein, diesen Traum wieder in eine glückliche Bahn zu bewegen.

Inzwischen frage ich mich, ob das nicht aussichtslos ist, da ich womöglich längst aufgewacht bin, und ihre Telefonnummer dadurch für mich aufgehört hat zu existieren. Wenn das wahr sein sollte, ist mein heutiges Wachsein einem Alptraum gleich. Denn so sehr das Mädchen aus meinem Traum und ich es auch wünschen, wie könnte sie meiner Einladung noch folgen, wenn ich bereits aufgewacht bin?

So muss ich ohne sie leben und mit der Verantwortung, mein Versprechen von einer gemeinsamen Zukunft nicht einhalten zu können. Es sei denn, ich finde einen Weg, in die Stadt am braunen Strom zurückzukehren.

Linien

„Grandfather dead now."
(Miss Hwan, 16. 08. 2006)

Als Laon Hwan im hohen Alter nach mehreren Wochen Bettlägerigkeit merkte, dass die Zeit zum Sterben gekommen war, bat er seine Frau, die Familie kommen zu lassen. Damit meinte er seine beiden Töchter, die beiden längst erwachsenen Enkeltöchter, und seine jüngste Enkelin Bianca, die nunmehr schon achtzehn war, obwohl sie ihm immer noch als kleines Kind erschien.

Als sie um sein Bett versammelt waren, dankte er ihnen, erklärte, welche Freude sie ihm im Leben bereitet hätten, versicherte, dass er gegen niemanden von ihnen ein Groll hege, gab jedem scherzhaft einen kleinen Ratschlag und verabschiedete sich mit guten Wünschen von ihnen. Dann starb er. Direkt danach verließ die ganze Familie den Raum.

Während die Familie trauerte, schlich sich die jüngste Enkeltochter zurück in das Totenzimmer. Weil ihm der Name Bianca für seine Enkelin zu hart, zu weiß, zu europäisch schien, hatte Opa Lao sie immer Bia genannt, wobei er das „B" sehr weich aussprach.

„Gut, dass du noch einmal kommst, Bia, ich habe noch etwas mit dir unter vier Augen zu besprechen. Natürlich nur, wenn du das auch möchtest", empfing Laon mit sanftem Ton die kleine Bia.

„Ja gern", sagte die Unbekümmerte, setzte sich auf die Bettkante und fragte: „Was ist denn?"

„Bia, ich möchte dir etwas erzählen, und weil du die Einzige in der Familie bist, die es verstehen kann, erzähle ich es nur dir. Es ist ein Geheimnis."

„Darf ich es denn niemandem weitersagen?", rief Bianca erschrocken aus, denn sie wusste, wie schwer es ihr fiel, ein Geheimnis für sich zu behalten.

Laon lachte: „Aber natürlich darfst du es weitersagen, behalte es solange wie möglich für dich und wenn du es dann jemanden erzählst, ist es nicht schlimm, sie werden dich nicht verstehen, dir nicht glauben oder denken, du hast es dir ausgedacht, denn sie halten dich alle noch für ein Kind, und darum werden sie dir auch bald wieder verzeihen. Vielleicht vergisst du es auch bald wieder, aber das macht nichts, wichtig ist nur, dass du es einmal gehört hast. Davon abgesehen, habe ich selbst von dem Geheimnis schon wieder viel vergessen oder erinnere mich nicht ganz genau. Aber das, was ich noch weiß, will ich dir erzählen."

„Fang jetzt an, ich bin so neugierig", drängelte Bianca. Doch das war nicht nötig, den Laon Hwan wusste, dass er nur wenig Zeit hatte, und er sprach konzentriert: „Das Geheimnis ist: Es gibt in dieser Welt Engelslinien, und es gibt Teufelslinien."

Das Mädchen sah den Verstorbenen mit staunenden Augen an und fragte: „Was sind das für Linien? Wo sind diese Linien?"

„Diese Linien laufen kreuz und quer über die ganze Welt, es sind die Wege, auf denen sich die Menschen bewegen. Es ist möglich, diese Linien zu sehen, aber für die meisten Menschen sind sie unsichtbar. Ich habe sie entdeckt, als ich ein junger Mann war und dem Tod noch näher stand, als ich es jetzt tu. So merkwürdig das auch klingen mag. Menschen, die sich auf den Engelslinien fortbewegen, sind selbst fast Engel, sie sind von einem goldenen Glanz umgeben. Menschen, die sich auf den Teufelslinien bewegen, sind Dämonen, um sie ist schwarzer Schatten und manchmal etwas Rot."

Bianca war verwundert: „Bewegen sich alle Menschen auf diesen Linien?"

„Ja alle, ohne Ausnahme. Aber sie bewegen sich nicht immer auf denselben Linien. Wer eben noch ein Engel war, kann im nächsten Moment ein Teufel sein und umgekehrt. Oft laufen diese Linien sehr dicht nebeneinander, und ein kleiner Schritt zu der einen oder der anderen Seite kann aus dem Engel einen Teufel machen. Wenn die Menschen vom Guten zum Bösen wechseln, merken sie es meist gar nicht oder erst sehr viel später. Der umgekehrte Wechsel ist schwieriger, und sie merken ihn sofort."

Dann sah Opa Lao seine Enkelin wohlwollend an und sagte: „Und jetzt lauf zu den anderen und sage ihnen, dass ich glücklich gestorben bin."

„Aber du bist doch noch gar nicht tot!", rief die kleine Bianca.

Der Großvater antwortete lächelnd: „Da irrst du dich, Bia.

Alles was ich dir erzählt habe, habe ich dir als Toter erzählt. Zwar können Tote den Mund nicht bewegen beim Sprechen, aber weil du sehr aufmerksam bist, hast du es trotzdem verstanden. Und weil du mich so gut verstanden hast, will ich dir noch etwas sagen, als Orientierung: Wer immer versucht alles richtig zu machen, bewegt sich auf einer Teufelslinie." Laon machte eine kurze Pause: „Und jetzt kannst du wieder zu den anderen gehen."

„Warte, eine Frage habe ich noch!", rief Bianca. „Was ist denn der Unterschied zwischen dem Leben und dem Tod?"

Laon lächelte: „Ich atme nicht mehr. Das ist der Unterschied, der ganze Unterschied. Oder sagen wir, es ist der wesentliche Unterschied. Das Nicht-Mehr-Atmen macht aus dem Lebenden einen Toten. Der Tote hat keinen Körper mehr, und das ist eine Erleichterung. Nun sind uneingeschränkte Bewegungen möglich, wie du es vielleicht aus Träumen kennst."

Bianca kannte das aus ihren Träumen und konnte es sich gut vorstellen. Aber ihre Neugierde war noch nicht befriedigt: „Und wo bewegst du dich jetzt hin?"

Ohne dass Laons Körper sich bewegte, wiegte er nachdenklich den Kopf, dann sprach er zu Bianca wie zu einer Erwachsenen: „Ich werde in einiger Zeit zu einem neuen Leben kommen, einen neuen Körper betreten, der mich erneut begrenzt. Und wieder werde ich versuchen, trotz dieser Begrenzung die richtige Haltung zu finden. Denn dafür leben wir, um die richtige Haltung zu finden, selbst unter den widrigen Bedingungen von Körper und Schwerkraft. Wenn uns das gelingt, brauchen wir nicht mehr in einen Körper zurückzukehren. Leben und Tod sind zwei Phasen, die sich abwechseln, es sind zwei unterschiedliche Zustände des Seins."

Die kleine Bianca hatte nicht alles verstanden, darum fragte sie eilig weiter, bevor die Gelegenheit dafür verging: „Warum ist das so?"

Laon lachte: „Es tut mir leid, das weiß ich nicht. Tote wissen vieles, aber sie wissen nicht alles."

Weil er sich aber nicht so von seiner Enkelin verabschieden wollte, dachte er noch einmal kurz nach und sagte dann: „Es gab einmal ein unermesslich großes Feuer. In jedes Lebewesen, das entstand, wurde eine kleine Flamme oder ein Funken des Feuers getan. Irgendwann war das Feuer schließlich in unzählige winzige Flammen aufgeteilt und über die ganze Welt und noch viel weiter verstreut. Das Feuer wollte aber wieder zusammen kommen. Das war jedoch nicht so einfach, denn so sehr die Lebenden sich nach Vereinigung sehnen und so eng sie die Körper der anderen auch umschlingen, ihre Flammen vereinigen können sie nicht. Erst wenn sie die richtige Haltung in ihrem Leben, in ihrem Körper gefunden haben, wird ihre kleine Flamme wieder befreit und mit den anderen befreiten kleinen Flammen zusammen getan. So ist das Feuer inzwischen schon wieder recht groß geworden, und es wächst weiter, denn immer wieder kommt eine andere kleine Flamme neu dazu. Und irgendwann haben sich all die kleinen Flammen wieder gefunden und sind wieder zu dem unermesslich großen Feuer vereint."

Biancas Blick ging nachdenklich ins Leere. „Bia!", riss ihn der Großvater aus den Träumereien, „Lauf jetzt zu den anderen und sage ihnen, dass ich glücklich gestorben bin."

Mit einem Sprung sprang Bianca auf, rief „Ist gut!" und lief hinaus. „Danke für die Geschichte!", rief sie ihm noch über ihre Schulter zu.

Die Anderen waren im Garten, und sie sagte ihnen fröhlich: „Opa ist glücklich gestorben!"

Submukdahan Grand 304

„We sweet too much. Now hap ants."
(Ladda)

In einigen tropischen und subtropischen Ländern erfüllt die Geschäftigkeit kleiner Ameisen die Räume der Verliebten, die zu viele Zärtlichkeiten austauschen. Sie laben sich an den honigsüßen Tröpfchen, die sich an den Wänden niederschlagen, und sortieren in eifriger Arbeit auf Pfaden an den Wänden dicht unter der Decke das Geschick der Liebenden.

Für diese süßen Tropfen erbringen sie eine Gegenleistung. Wenn das Paar auseinandergeht, bilden sie so schnell wie möglich einen Pfad zwischen ihm und ihr. Und selbst wenn einer stundenlang mit dem Flugzeug fliegt, kann er sich sicher sein, dass mindestens eine Ameise bei seiner Ankunft aus dem Koffer steigt und zurückeilt, um den geduldig am Ausgangsort wartenden anderen Ameisen den Weg zu weisen.

So dauert es ein wenig, doch nie zu lang, bis die Getrennten ein Ameisenpfad verbindet, auf dem Tröpfchen von ihr zu ihm und ihm zu ihr getragen werden. Und allmählich wird dieser Weg kürzer und kürzer, bis sich die Liebenden erneut berühren und die Geschäftigkeit der Ameisen einen weiteren Raum erfüllt.

Inhalt:

Henrik Woelk wurde am 17. Juli 1968 in Reinbek geboren, studierte Anthropologie, lebt in Hamburg, arbeitet für das Thalia Theater als „Inspektor in der Gaussstrasse" und ist auch als Fotograf tätig.
Ein Foto- und Textband mit dem Arbeitstitel „Thalia in der Gaussstrasse" ist in Vorbereitung und wird voraussichtlich 2007 erscheinen.

Veröffentlichungen bei books on demand:
Gelb: „Dem Meister des Maßes"
Blau: „Die Symmetrie der Sphären"
Weiß: „Das Lächeln des Lichts"
Orange: „Die Form des Feuers"